KB133809

어쩌다 보니
50살이네요

몸과 마음,
물건과 사람,
자신과
마주하는 법

어쩌다 보니
50살 _____ 이네요

히로세 유코 지음 I 박정임 옮김

indigo
Story and make

50살,
한 장의 마무리 또 이어지는 장의 시작

　40살을 맞이할 때와 50살을 맞이할 때는 기분이 많이 다르다는 것을 알았습니다. 40살은 30대의 연장선에 있고, 50살은 다가올 나이 - 60대와 70대 - 로 이어지는 나이라고 할까요. '한 장의 마무리' 같기도 하고, '이어지는 장의 시작' 같기도 하고, '새롭게 시작되는' 느낌이기도 합니다.

　받아들이는 마음은 사람마다 달라서, 아무런 느낌 없이 50대를 맞는 사람도 있겠죠. 하지만 나는 50이라는 나이를, 이전처럼 지나칠 수 없었습니다. 무언가를 생각하지 않을 수 없었습니다. 변화의 속도…… 때문일지도 모르겠습니다. 40과 50은 '기어'가 다른 것처럼 느껴집니다. 몸과 마음, 삶의 깊이, 어느 날 문득 깨닫게 되는 것⋯⋯.

그 위치에 섰을 때만 보이는 풍경이 있습니다. 나이가 든다는 것은 그런 것이라고 생각합니다.

나는 지금 나이 50이라는 곳에 처음으로 섰습니다. 그곳에는 지금까지 본 적 없는 풍경이 펼쳐져 있습니다. 그렇게 처음 경험하는 나날을 보내고 있습니다.

내게 나의 50살이 있듯이, 사람들에게도 각자의 50살이 있습니다. 누구에게나 찾아오는 50살이지만, 가끔 '저 사람에게 50이라는 나이는 어떤 것일까' 하고 생각합니다. 저 사람은 50이라는 나이를 어떻게 받아들이고, 보내고, 앞으로 어떤 미래를 그리고 있을까. 이후 어떤 곳에서 살고, 어떤 것을 입고, 어떻게 몸과 마음을 가꾸고, 무엇을 보고 느낄까. 이런 것들을 생각해봅니다.

'나의 50살'을 한 권의 책으로 엮었습니다. 독자들이 이 책 속에서 자신에게 필요한 부분, 또는 새로운 마음가짐을 조금이라도 찾을 수 있기를 기원합니다.

새로운 곳에 섰을 때, 눈앞에 어떤 풍경이 펼쳐져 있을까요. 그곳에 펼쳐져 있는 풍경을 똑바로 보고 싶습니다.

/

50살도 꽤 괜찮습니다

50살이라는 나이는 젊음의 영역에 확실한 선을 긋는 상징인 듯하다. 40살 언저리에 나타났던 몸의 변화는 건강한 머리카락 속에 섞인 몇 가닥의 새치 같은 느낌이었다. 아직은 젊음 쪽에 발을 담그고 있다는 자신감으로 무시해버릴 수 있는.

하지만 50살에 가까워지면서 나타나는 몸의 변화는, 더이상 새치라고 우길 수 없는 흰머리처럼 뚜렷하고 명료하게 나이 듦으로 발을 옮기고 있다. 거울을 보기가 두려운 이유, 몸에는 확실하게 세월의 흔적이 새겨지고 있는데 마음은 아직 받아들일 준비가 되지 않은 탓일 것이다. 그래서 50살이라는 말에는 안타까움과 두려움이 감도는 것 아닐까.

  하지만 이 책의 저자가 겪은 50살에 대한 첫 경험들은 평온하고 자유롭고, 그리고 설레는 것들이다. 물건도 감정도 사람도, 불필요한 것은 내려놓고 오롯이 자신이 원하는 것에만 집중하는 모습이다. 자신이 살고 싶은 환경과 집, 자신이 있고 싶은 모습, 자신이 보내고 싶은 시간을 알아가고 그것들을 향해 차근차근 삶을 풀어가는 방식으로 50살을 경험하고 있는 것이다.

  죽음을 생각하는 것이 부정적으로 보일지 모르지만, 자신이 이 세상에서 사라질 가능성은 언제든지 있다는 사실을 알게 되면, 신기하게도 생이 빛나기 시작합니다. 끝이 있는 시간인 까닭에 더욱, 충만한 순간을 살고 싶다고 생각하게 됩니다.

스스로 불편하거나 긴장하게 되는 상황은 피하고, 자신의 몸도 마음도 편안한 방향을 선택한다. 당연시 해왔던 습관이나 규칙에서 자유로워지고, 자신을 규정했던 수식어를 내려놓는다.

몸의 변화를 받아들이고, 몸의 소리에 귀를 기울이며 맞춰준다. 옷에 내 몸을 맞추는 것이 아닌 내 몸에 옷을 맞추고, 몸이 원하는 음식을 즐겁게 먹고, 몸이 원하는 공간에서 시간을 보낸다. 그리고 마음이 향하는 사람을 만나 이야기를 나누고, 마음이 향하는 곳으로 여행을 떠나고, 마음이 향하는 물건을 곁에 둔다. 잊고 있던 피아노 선율에 심취해보고, 새로이 향수를 뿌리기도 하고, 언제든 자유를 담아줄 여행 가방을 고르고, 캐치볼의 매력에 빠져보기도 한다.

그렇게 '내 인생에 없어도 되는 일'은 지워나가고, 새로운 나이에 '새롭게 어울리는 것'들로 채워가며 살아가는 것.

나이가 드는 것도 나쁘지 않구나, 다행이다…….

이 책을 우리말로 옮기고 난 후 든 생각이다. 저자가 들려주는 평온하고 자유로운 50살의 모습에 진심으로 마음이 밝아짐을 느꼈다.

차례

50 _____Life Style
또 다른 '삶의 방식'을 알아가고 있습니다

50 _____ Attitude

'몸'의 변화를 받아들이고 있습니다

50 _____Myself
'나다움'에 대해 다시 생각하고 있습니다

또 다른 '삶의 방식'을 _____

_____ 알아가고 있습니다

감당할 수 있는 만큼만 안고,
'가볍게, 살아가고 싶습니다.
살아온 시간 속에서 알게 된
슬픔과 아픔은
나를 깊게 해주는 경험으로
소중하게 끌어안고.

감당할 수 있을
만큼만 해도

_____괜찮습니다

'전환기의 나이'라는 것이 있습니다. 20살, 30살, 40살,
그리고 50살.

20대는 무척이나 흔들렸던 것 같습니다. 일, 인간관계,
누군가를 좋아하는 일, 삶의 방식 등 모든 것에서. 어딘가
로 가고 싶지만 가고 싶은 곳도 가는 방법도 몰랐고, 자신
이 어디에 서있는지조차 몰랐던 시기를 보냈습니다. 30살
즈음이 되었을 때 간신히 '이렇게 살고 싶다'라는, 지도의
작은 조각 하나를 발견했던 것 같습니다. 그때 보았던 풍경
은 지금도 내 의식 곳곳에 남아 있습니다.

이렇듯 모든 나이가 중요하지만, 50살을 맞이하는 것은 커다란 전환기가 아닐까 생각해 봅니다.

50살은 '한 바퀴 돌았다'는 느낌이 듭니다. 한차례 다 지나왔다는 '한 바퀴'이기도 하고, 여러 가지 일이 있었지만 다시 돌아왔다고 하는 '한 바퀴'도 있습니다. 하지만 그 한 바퀴는 같은 지점으로 되돌아온 것이 아니라 같은 곳에서도 조금 위에 있는, 그런 느낌입니다.

50살을 맞이하기 전에 '앞으로 어떤 내가 될까' 하고 생각해보았습니다. 목표가 아니라, 이랬으면 하는 자신의 모습을 말입니다.

되도록 자연스러운 모습으로 있고 싶다고 생각합니다. 인생은 복잡하게 살려고 하면 얼마든지 복잡해집니다. 오히려 단순하게 사는 편이 간단해보이지만 어렵습니다. 그래서 물 흐르듯 자연스럽게라고. 그 생각은 지도 한 조각을 손에 들었을 때부터 변하지 않았습니다. 아마 앞으로도 변하지 않을 것입니다.

'가볍게'는 그 느낌과 무척 비슷합니다.

시간이 흐를수록 사람에게는 물건이 늘어납니다. 그것은 행복한 일이기도 하지만, 때로 문득 '이거, 정말로 필요해?'라고 생각하기도 합니다.

이전까지는 부담 없던 것이 무겁게 느껴지기도 하고, 힘들게 손에 넣었지만 앞으로 필요 없을 것처럼 여겨지기도 합니다. 처음에는 그 변화를 따라가지 못해, 필요 없음을 알면서도 놓지 못하기도 합니다.

그럴 때 '가볍게'를 생각하면 마음이 움직이기 시작합니다. 소리를 내어 입 밖으로 내뱉어보면 마음이 가벼워집니다.

마침내 필요한 것과 그렇지 않은 것이 보이고, 불필요한 것은 내려놓을 마음이 듭니다. 알고 있는 것입니다. 앞으로는, 가벼운 편이 좋다는 것을.

이전과는 몇 가지가 달라졌습니다. '가볍게' 바라보는 것은 자신을 되돌아보는 계기가 됩니다.

내가 생각하는 '가볍게'는 어떤 것인지, 떠오르는 것을 하나하나 적다 보면 그곳에는 '나 자신의 가벼움'이 나타

납니다. 그곳에 있는 것은 이후에 나아갈 자기 자신의 지도이며, 길을 가기 위한 나침반이기도 합니다.

그 지도에는 지금까지 걸어온 길도 그려져 있습니다. 똑바로 걸어온 것 같지만 몇 번이나 돌아가는 길을 걷기도 했고, 멈춰 서기도 했고, 힘들었다고 생각했던 길이 나중에 되돌아보면 즐거운 시간이기도 했습니다. 만남, 이별, 만남. 교차하는 지점. 지도 위에는 수많은 흔적이 남아 있습니다. 그것은 꽤나 훌륭한 지도입니다.

감당할 수 있는 만큼만 안고, '가볍게' 살아가고 싶습니다. 살아온 시간 속에서 알게 된 슬픔과 아픔은 나를 깊게 해주는 경험으로 소중하게 끌어안고.

내가 생각하는 이후의 가벼움은 그런 가벼움입니다.

다시 한 번
시작해도

_____괜찮습니다

어렸을 때 배웠던 피아노를 다시 해보고 싶다는 생각이 든 건 최근의 일입니다. 친구 차에 탔을 때 흘러나온 피아노 소리. 그 소리가 마음의 문을 두드렸습니다.

여름의 숲속을 달리는 차 안에서 울리는 피아노 소리는 풍경을 그대로 소리로 만들어 전해주는 듯했습니다. 내가 피아노 소리를 좋아하는구나, 하고 그때 새삼 생각했던 것입니다. 아니, 피아노 소리에 대한 새로운 발견이었는지도 모릅니다. 이렇게 깊은 곳까지 울리는 소리였구나, 하고.

"다시 한 번 해볼까 해."

최근 몇 명의 친구가 그런 말을 했습니다. 그것은 좋아하는 일이기도 했고, 여행을 떠나는 것이기도 했고, 또는 일이기도 했습니다. 여하튼 멀어져 갔던 것을, 쉬고 있었던 것을 다시 시작해보려는 사람이 몇 생겼습니다.

아이를 일찍 가진 사람은 이제 육아가 어느 정도는 일단락된 시기일 것입니다. 일을 그만두었던 사람은 다른 위치에서 일을 하게 될지도 모릅니다. 여행의 형태도 이전과는 달라집니다.

체력도 기력도 충만했던 때와, 나이가 든 지금과는 달라진 부분이 몇 가지 있습니다. 예컨대 가족 또는 누군가를 향해 온통 쏠려 있던 마음이 거기에서 조금 멀어질지도 모릅니다. 잘하기 위해서가 아닌 즐기기 위해서라고 생각하게 될지도 모릅니다. 경쟁에서 멀어지는 경우도 있을 것입니다. 자유로워진다. 그것이 50살이라는 나이의 공통점인지도 모릅니다.

피아노 소리를 좋아한다는 사실을 깨달은 나는 '다시 한번 피아노를 배우고 싶다'고 생각하게 되었습니다. 어렸을 때처럼 〈바이엘〉부터가 아니라, 자신이 좋아하는 피아노곡을 몇 곡 칠 수 있도록.

짧지만 아름답고 경쾌한 곡으로 선택하고 싶습니다. 이런 선택도 어른이니까 가능한 일.

아직 피아노를 다시 시작하지는 않았지만, 대신 피아노 연주곡을 자주 듣습니다. 어디선가 들어본 기억이 있는 멋진 곡이 들리면 무슨 곡인지 찾아보기도 하고 친구가 추천해준 음악가의 음악을 들어보기도 합니다.

아침에 눈을 떴을 때, 한적한 오후의 커피타임에, 밤에 잠들기 전 잠깐의 시간에. 피아노 소리가 나를 감싸줍니다.

용서하고
용서받으며

_____살아갑니다

시간의 흐름은 많은 것을 해결해주는 힘을 갖고 있습니다. 해결까지는 아니더라도 아픔이나 슬픔을 옅게 해줄 수는 있습니다.

지워지지 않는 상처도 분명히 있습니다. 하지만 떠올리는 횟수는 시간과 함께 줄어듭니다. 그렇게 해서 사람은 무언가를 극복하고, 용서하고, 다시 떠올리고, 다시 용서해갑니다.

'내가 누군가를 용서하듯이 나도 모르는 사이 누군가도 나를 용서해주고 있다.' 언제부터인가 그렇게 생각하게 되었습니다. 나이가 들었기 때문일까요. 시간이 반드시 인간을 성숙하게 하는 것은 아니지만, 그럼에도 시간은 어떤 힘을 부여해줍니다. 마음의 모습을 보여줍니다.

용서하고 있는 것은 나만이 아니라는 사실을 알게 되면 세상에 대한 마음이 훨씬 밝아집니다.

'되도록 깨끗하게'라고

늘_____
생각합니다

'되도록 깨끗하게'라고 생각합니다. 방도, 차림새도, 자기 자신도, 마음도, 선택도. 이 '되도록'의 정도가 좋습니다. 절대가 아닌, 전혀도 아닌, 가능하다면……. 그런 뉘앙스가 감도는 '되도록'.

할 수 없는 경우도 당연히 있습니다. 알고 있으면서도 몸도 마음도 따라가지 못하는.

인생에는 늘 파도가 있게 마련인데, 때로는 넘어서기 쉬운 파도도 있는가 하면, 감당하기 힘든 파도도 있습니다.

그러니까 '되도록'.

'깨끗하다'는 말은 그 한마디에 많은 의미가 포함되어

'되도록 깨끗하게'라고 생각합니다.
방도, 차림새도, 자기 자신도, 마음도, 선택도.
이 '되도록'의 정도가 좋습니다.

있습니다. 청결함, 아름다움, 순백함, 담백함. 자신이 생각하는 '깨끗함'을 그 속에서 찾습니다.

'되도록'이라는 말은 나이가 들수록 자기 편의대로 해석하기 쉬운데, 그것도 좋다고 생각합니다. 하지만 그럼에도 '되도록' 하고 생각합니다.

각자의 나이에
멋지게 어울리는 것은

있기_____마련입니다

　　언젠가 대로 변에 있는 간이 커피숍 계산대에 비슷한 나이의 여성이 서있는 것을 보았습니다. 40대 후반에서 50대 초반 정도 되었을까요. 그 사람은 길게 기른 흰머리를 포니테일 스타일로 높게 묶고 있었습니다. 머리끝에만 살짝 컬을 넣고. 깃을 세운 하얀 셔츠에 커피숍과 같은 컬러의 짙은 녹색 앞치마를 두르고.

　　나는 커피를 주문하면서 그 여성을 멍하니 바라보았습니다. 너무 멋있었기 때문입니다.

　　흰머리, 헤어스타일, 자세, 목소리의 톤 등 그 사람의 모든 것에 대해 '듣고' 싶었습니다. 젊어 보이고 싶어 하는(이는 남성도 마찬가지일지 모르겠습니다.) 세상 대부분의 사람들은 흰머리를 염색합니다. 하지만 그 여성은 그렇지 않았습니다. 그리고 그 모습이 무척 어울렸습니다.

주문한 커피를 받아들면서, "멋진 머리네요"라고 나도 모르게 말을 해버렸습니다. 조금 놀라는 모습 또한 사랑스러웠습니다. 그리고 이런 여성이 있다는 사실이 이렇게 큰 희망을 주는구나…… 생각했습니다. 희망이라고 하면 호들갑일지도 모르겠습니다. 뭐라고 해야 할까, '그래, 괜찮아' 하는 느낌이랄까요.

외국에 가면 나이가 든 멋진 여성을 보게 됩니다. 모든 것을 따라하고 싶은 것은 아니지만, 그럼에도 유쾌해 보이는 모습은 무척이나 매력적입니다. 바닷가에서 비키니를 입고 있는 사람, 바람이 그대로 통과할 것 같은 원피스를 휘날리는 모습, 잔디밭에서 맨발로 느긋하게 시간을 보내는 사람, 슈퍼마켓에서 바구니를 들고 즐거운 듯 물건을 고르는 사람.

누구나 나이가 듭니다. 피부의 감촉이 달라지고, 머리는 하얗게 변해갑니다. 손톱도 체형도 목소리도 감정도 변합니다. 그 사실을 어떻게 받아들일까 하는 것은, 결국 변화를 어떻게 즐길 것인가가 아닐까요.

나는 40대 중반부터 헤나 염색을 하고 있습니다. 헤나는 일반 염색과 비교하면 시간도 걸리고 절차도 번거롭습니다. 직접 할 수도 있지만, 지금은 미용실에서 하고 있습니다. 1달에 한 번.

염색을 하지 않으면 거의 백발이 성성할 것입니다. 하지만 아직 조금 더 검은 머리로 있고 싶습니다. 왜일까요? 아마도 흰머리의 자신을 상상할 수 없기 때문일 것입니다. 언젠가, 어떠한 생각을 했을 때, 염색을 그만두는 순간이 올 것입니다. 그 '언젠가'가 언제일지, '어떠한 생각'이 무엇일지는 아직 모릅니다.

흰머리가 되면 이제껏 입어본 적이 없는 색상의 옷을 입거나 화장을 할 수 있을 것 같습니다. 긴 백발을 하나로 묶거나 아주 짧은 쇼트커트도 괜찮을 것 같습니다. 화려한 색상의 액세서리도 어울릴 것 같습니다. 이전까지와는 다른, 새로운 나를 발견하는 것입니다. 어쩌면 그 '새로운'은 즐거운 일인지도 모릅니다.

아름다운 것들을
가까이 두고

_____생활합니다

　아름다운 것을 사용하고, 아름다운 것을 보고, 아름다운
말을 듣고. 이렇게 아름답다고 생각되는 것 가까이에 있는
것이 아름다움을 알게 되는 지름길이라고 생각합니다.

　나이에 하나의 획을 그은 지금이니까, 지금의 아름다움,
앞으로의 아름다움을 새롭게 찾아보고 싶다는 생각이 듭
니다. 이전까지 아름답다고 생각했던 일이나 물건 외에도
세상에는 아름다운 것이 넘쳐나고 있다는 사실을 깨닫습
니다. 새로운 것에 눈을 돌릴 수 있는 시간, 자신에게 여유
가 생기면서 새롭게 깨닫는 것이 늘어나는 것 같습니다.

세월이 더해지면서 알게 되는 아름다움도 있습니다. 예컨대 삶의 모습이 그런 것이라고 생각합니다.

늘 멋진 차림을 하고 있다……. 처음에는 그 사람의 그런 부분만을 보기도 합니다. 하지만 마침내 그 시선은 시간과 함께 넓어지기 시작합니다. 배경을 이해하게 된다고 할까요.

그 사람이 갖고 있는 흥미, 일을 대하는 태도, 좋아하는 것, 사람을 대할 때의 언어습관, 아침을 보내는 방식, 사회와의 관계를 보게 됩니다. 이는 그 사람이 어떻게 살아가고 있는지, 무엇을 생각하며 살고 있는지 하는 삶의 모습입니다.

'멋지다'라고 느꼈던 것은 옷을 입는 센스뿐만 아니라, 살아가는 모습 그 자체였다고 깨달았을 때 '아름답다'라는 말에 한층 깊이가 더해집니다.

모든 것은 연결되어 있다고 생각합니다. 하나의 파편은 수많은 파편 중 하나에 지나지 않는 것이 아니라, 그 하나가 많은 것을 품고 있는 것입니다.

아름다움은 자신만이 느끼거나 생각하는 것이 아니라, 타인이 있음으로 성립되는 것이기도 합니다. 그래서 때때로 묻습니다. 아름답다고 느끼는 것에 대해, 사람에 대해, 나 자신에 대해. 그 말이 자신 속에 툭하고 떨어지는 때가 새로운 아름다움과의 만남입니다. 그것은 이후의 아름다움을 키워줍니다. 몸에도 마음에도 영혼에도 인생에도 아름다움은 필요합니다.

그리운 사람의 물건을

오 래 도 록
_____간직합니다

액세서리를 별로 갖고 있지 않습니다. 매일 액세서리를 하게 된 것은 최근 두 해 전부터의 일입니다. 가지고 있는 몇 개 안 되는 액세서리는 일상적으로 가볍게 할 수 있는 것들뿐.

그중에서 유일하게 소중히 간직하고 있는 것이 있습니다. 어머니가 물려주신 진주 목걸이와 귀걸이입니다.

진주 목걸이는 어머니가 젊었을 때 하시던 것으로, 50년 정도 된 것입니다. 가지런하게 꿰어 있는 크림색 진주알. 진주 자체도 예쁘지만, 'M'이라는 문자가 새겨진 잠금장치가 섬세해서 어린 나이에도 '특별한' 것임을 알 수 있었습니다. 진주 귀걸이도 같은 브랜드 것으로, 20살 생일에 어머니가 사주신 것입니다.

지금은 일상적으로 가벼운 액세서리밖에 하지 않지만, 젊었을 때는 그 진주 목걸이와 귀걸이를 거의 매일 하고 있었습니다. 생각해보면 조금 신기하기도 합니다. 20살 남짓에 진주 목걸이를 하고 있었다는 사실이. 옷도 지금보다 훨씬 어른스러운 것이었습니다.

누구에게나 자신만의 '어른의 모습'이 있다고 한다면, 내가 생각하는 어른은 질 좋은 진주 액세서리를 일상적으로 하는 여성이었을 겁니다. 아마도.

지금은 일상적으로 하는 것은 담수 진주 목걸이입니다. 작고 불규칙한 알이 이어져 있습니다.

진주 목걸이건 담수 진주 목걸이건 소중하게 다루는 점은 변함없습니다. 둘 다 매장에서 수선을 했습니다. 실이 늘어진 탓에 매장에 가서 새로운 실로 바꿨던 것입니다. 기분 좋게 사용하고 싶다는 생각은 둘 다 마찬가지입니다.

다행히도 50살이 되었습니다.
네, 진주 목걸이와 같은 나이입니다.

하지만 역시, 목에 거는 순간의 기분은 다릅니다. 담수 진주 목걸이는 습관처럼 하지만, 진주 목걸이를 할 때는 어머니를 떠올립니다. 그리고 최근 한 해, 그 진주 목걸이를 하는 횟수가 늘어났습니다. 깊숙이 넣어두었던 것을 새로운 상자로 옮기기도 했습니다.

어머니가 내게 물려준 것은 이 액세서리와 기모노 몇 벌, 그리고 '스스로 살아갈 수 있는' 자세입니다. 어머니는 내게 형제가 없는 것을 걱정하셨습니다.

그리고 나는 때로는 온화하고 때로는 거친 파도에 실려, 다행히도 50살이 되었습니다. 네, 진주 목걸이와 같은 나이입니다.

필요한 만큼만
가지는 편이

_____좋습니다

물건은 자주 사용하는 것만, 정말 필요한 만큼만 갖고 있으려고 합니다. 대신 자주 사용하는 물건은 마음에 들고 손에 익숙하고 아름답다고 느끼는 것으로 갖추려고 합니다. 삶의 방식과 어울리는 물건, 늘 자신 옆에 있는 물건은 자기 자신을 키워줍니다.

물건에 휘둘리지 않겠다고 생각한 것은 꽤 오래전의 일입니다. 내게 있어 소중한 것 중 하나가 '시간'입니다.

자신이 갖고 있는 시간은 태어날 때부터 어느 정도 정해져 있는 것인데, 그 정해진 시간을 모르고 살아가는 존재는 사람뿐이 아닐까 하는 생각을 했습니다. 그 시간을 어떻게 보내는가가 그 사람의 인생이기도 합니다.

　그런 생각을 하던 어느 날, '물건'을 정리정돈하고 '물건'을 찾는 일에 시간과 마음을 소비하는 것이 아깝게 느껴졌습니다. 그 시간을 다른 것에 쓰고 싶어졌습니다. 주체할 수 없이 많은 물건에 둘러싸여 정리하기 급급한 상황, 갖고 싶은 물건이 생기면 거기에만 빠져드는 생각, 갖고 있는 사람을 부러워하는 마음. 그런 것에서 멀리 떨어져 있자, 생각했습니다.

　물건이 나쁜 것은 아닙니다. 물건을 많이 갖고 있는 게 나쁘다는 것도 물론 아닙니다. 사람에게는 무엇에든 그 사람 나름의 용량이라는 것이 있습니다.

　물건뿐만 아니라, 다른 것에 있어서도 자신의 용량을 아는 것이 살아가는 데에는 필요하다고 생각합니다.

　젊었을 때는 그 용량을 잘 몰라서 남아돌거나 무리를 하는 경우가 종종 있었습니다. 그때는 그 나름대로 필요한 것이었는지도 모릅니다. 하지만 어느 순간 '아, 나는 이 정도가 딱 좋구나' 하는 착지점을 발견한 것입니다.

삶의 방식과 어울리는 물건,
　　늘 자신 옆에 있는 물건은 자기 자신을 키워줍니다.

물건에 대한 나의 용량은 그리 크지 않습니다. 정리는 잘하는 편이어서 퍼즐을 맞춰가는 듯한 즐거움을 그 속에서 발견하기도 합니다. 하지만 그것도 어느 정도의 일. 여백이 있고, 퍼즐 조각의 숫자를 파악할 수 있으니까 '즐겁다'고 생각할 수 있는 것입니다.

취향도 영향을 줍니다. 물건이 꽉 찬 느낌보다 허전하다고 느낄 정도의 '빈' 느낌을 좋아합니다. 그다지 크지 않은 용량을 여유 있게 유지하기 위해 가장 필요한 것은 딱 '적량'만 취하는 것입니다.

많이 갖고 있어도 늘 사용하는 것은 어느 정도 정해져 있습니다. 물건은 사용될 때 비로소 그 가치가 살아납니다. 잠든 채 처박혀 있는 물건에서는 그 가치를 느낄 수 없습니다. 그래서 자주 사용하는 것만, 정말 필요한 만큼만 있으면 됩니다.

살다 보면, 살아있기 때문에 생겨나는 많은 일들이 어쩔 수 없이 찾아옵니다. 생각할 것, 어른으로서 해야 할 것도 정해져 있습니다. 때로는 무거운 문제를 떠안고 있을 때도 있을 것입니다. 그럴 때 '물건 정리'라는 또 하나의 과제를 갖고 있을 필요는 없습니다.

매일 그곳에서 생활하는 자신이 기분 좋게 살아갈 수 있도록. 그 생각을 매일의 시작에 놓아두면 물건과 자신의 관계가 보입니다. 물건을 다시 생각함으로써 자신이라는 존재, 사고방식이 변할 때도 있습니다.

내게 남은 시간은 앞으로 어느 정도일까요. 되도록 기분 좋은 곳에서 지냈으면, 하고 생각합니다.

끝이 있음을 알고
살아가는 것은

_____ 중요합니다

무슨 일이 생겼을 때. 나는 그런 때를 위해 필요한 것을 친구에게 전달해두었습니다.

묘지는 필요 없음, 유골은 (지금의 시점에서는) 하야마의 바다에 뿌렸으면 함, 지금 키우고 있는 검은 고양이를 대신 키워줄 사람, 집에 있는 물건은 친구들끼리 원하는 것을 나눠 가졌으면 함, 등등의 내용을 한 사람이 아닌 여러 명에게 농담처럼 얘기해두고 있습니다.

이는 나이가 들었기 때문이 아니라, 생과 사는 바로 붙어 있는 것이라고 어느 순간 깨달았기 때문입니다. 생명은 자기 마음대로 할 수 없는 것이라는 것을 알았을 때부터입니다.

죽음을 생각하는 것이 부정적으로 보일지 모르지만, 자신이 이 세상에서 사라질 가능성은 언제든지 있다는 사실을 알게 되면, 신기하게도 생이 빛나기 시작합니다. 끝이 있는 시간인 까닭에 더욱, 충만한 순간을 살고 싶다고 생각하게 됩니다.

오해의 소지가 있는 말이지만, 나는 나 자신을 아주 사랑하는 것은 아닙니다. 하지만 소중하게 여기고 싶다고 생각합니다. 그래서 생과 함께 있는 죽음에 대해서도 가끔씩 생각하는 것입니다.

내게 충만한 순간이 어떤 순간인지를 떠올려보면, 할 수 있는 일이나 하고 싶은 일은 의외로 한정되어 있다는 사실을 깨닫습니다. 맛있게 밥을 먹고, 푹 자고, 마음이 통하는 사람과 시간을 보내고, 자신의 일을 하고, 솟아나는 감정을 소중히 느끼고, 오늘도 좋은 하루였다며 하루를 마감하는 것. 혹시 내일 아침 눈을 뜨지 못한다고 해도.

가족에 둘러싸여 있건, 파트너가 있건, 혼자이건 그것은

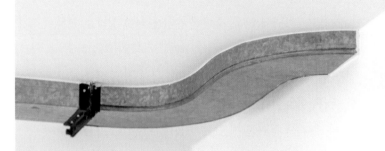

내게 충만한 순간이
어떤 순간인지를 떠올려보면,
할 수 있는 일이나 하고 싶은 일은
의외로 한정되어 있다는
사실을 깨닫습니다.

변하지 않습니다.

뜻대로 되지 않는 일에 화를 내거나, 마음에 들지 않는 일이나 사람에게 자신의 감정과 시간을 할애하는 것은 내 인생에 없어도 되는 일이라고 생각하게 되었습니다.

생각지도 못한 일이 일어난다고 해도 하루하루를 확실하게 보내는 것. 미래의 시간은 '지금'의 연장선 위에 있습니다. 수명을 마음대로 할 수 없다면, '지금'을 소중히 여기는 것이 내가 할 수 있는 일이라고 생각합니다. 미래를 정하는 것은 '지금'이라고 생각합니다.

친구에게 일러둔 내용은 그다지 중요하지 않을지도 모릅니다. 검은 고양이를 맡기는 일 이외에는 어떤 의미에서는 수순상의 일이거나 표면적인 것입니다.

하지만 그 일을 말로 했을 때, 나는 내 시간이 무한대가 아님을 확인합니다. 그리고 내 생각을 전할 수 있고 들어주는 사람들이 있다는 것에 행복을 느낍니다.

살아 있어서
다행이라고

_____생각합니다

하루하루를 살아가는 데 시간을 풍요롭게 해주는 것은
사람에 따라 다를 수 있고, 또한 나이나 사는 곳, 마음의 상
태에 따라 변하기도 합니다. 하지만 어렸을 때부터 변하지
않는 것도 있습니다.

내가 어렸을 때부터 좋아했던 것. 그것은 책입니다.

책을 좋아하게 된 것은, 한 권의 책을 만나게 된 이후부
터였습니다. 『플럼 크릭의 둑에서』. 로라 잉걸스 와일더(어
린이를 위한 가족 역사 소설로 유명한 미국의 작가) 의 〈초원의 집〉

시리즈 가운데 한 권입니다. 10살 무렵, 이 책을 계기로 책을 읽는 즐거움을 알았습니다.

책을 좋아한다고 하면 조용한 성격이라는 인상이 들지도 모릅니다. 하지만 어렸을 때의 나는 몸을 움직이는 것도, 책을 읽는 것도, 공상하는 것도 모두 똑같이 좋아했습니다. 그리고 그것은 지금도 크게 다르지 않습니다.

사람은 나이가 들면서 크게 변하는 부분도 있고 변하지 않는 부분도 있구나, 생각하면 가끔 즐거운 기분이 듭니다.

지금도 책을 읽는 시간을 좋아합니다.

책 속에는 그때그때의 내게 필요한 것이 기다리고 있습니다. 필요한 한 문장을 발견했을 때, 흩어져 있던 점과 점이 이어지듯 서로가 서로를 끌어당기듯 무언가와 무언가가 하나가 되는 것입니다.

고민하던 문제의 해답을 만날 때도 있고, 새로운 문을 발견할 때도 있습니다. 그것을 위해 나는, 책을 펼칩니다.

과장 같지만, 그럴 때 나는 '살아있어서 다행'이라고 생각합니다. 살아있으니까 지금 여기서 책을 읽을 수 있고, 책을 읽었으니까 느낄 수 있기 때문입니다. 그리고 어렸을 책을 읽는 시간을 좋아합니다.

책 속에는 그때그때의 내게
필요한 것이 기다리고 있습니다.

때 만난 '취미'가 나를 이곳까지 데려다주었구나, 생각하면 인생의 멋진 장면을 보는 것 같습니다.

'왜 사는 것일까' '어디를 향해 가는 것일까' 하는 정답 없는 질문에, 고민하고 생각하던 시기가 있었습니다.

산다는 것은 이곳에 오는 것……이라고, 먼 훗날 그렇게 느끼고 있는 내가 있다고, 10대와 20대의 자신에게 전해줄 수 있다면.

좋아한다는 감정은 거기까지 가기 위한 티켓 같은 것인지도 모릅니다. 주머니 속에는 어렸을 때부터 갖고 있던 티켓이 들어 있습니다. 또는 좋아한다는 것 자체가 티켓의 대용품이 됩니다. 하지만 주머니 속 티켓의 존재를 깨닫는 것은, 어른이 된 이후의 일입니다. 아마도 그곳까지 걸어온, 그 시간 덕분에 깨달을 수 있는 것이겠죠.

가끔,

_____편지 같은
메일을 보냅니다

    멀리서 온 편지는 사람을 기쁘게 합니다. 마찬가지로 매일 주고받는 메일도 나는 무척 좋아합니다. 메일은 정취가 없다고도 하지만, 편지 같은 메일, 시차가 없는 메일은, 그 사람을 더욱 가깝게 느끼게 합니다.

    편지 같은 메일을 보내는 친구가 몇 명 있습니다. 친구의 메일에 몇 번을 기뻐했고, 몇 번이나 마음의 위안을 받았는지 모릅니다. 주고받는 형식은 관계가 없습니다. 중요한 것은 누군가에게 전하고자 하는 마음입니다.

    메일을 쓸 때는 쓰는 사람도 기분 좋은 말을 선택하고, 읽는 사람이 물 흐르듯 편하게 읽을 수 있도록 노력합니다. 그것이 어른스러운 메일이라고 생각합니다. 오해가 생기기 쉬운 수단이라는 점도 잊지 않아야 합니다. 때로는 만나는 것보다, 전화보다, 편지보다 메일이 좋을 때도 있습니다. '당신을 생각하고 있습니다'라는 감정이 바로 전해지니까요.

해보고 싶었던 일은

_____ '가 볍 게'
시작합니다

　지금 '해보고 싶다'고 생각하는 일이 있다면 가벼운 느낌으로 시작해보는 것은 어떨까요. 해보고 즐거우면 계속하면 되고, 상상했던 것과 다르면 그다음의 다른 것을 만날 때까지 기다리면 된다는 정도의 느낌. 지금은 이 정도의 느낌이 좋다고 생각합니다.

　시작했으면 끝까지. 그런 말에 얽매이는 사람도 있을 것입니다. 그래서 주저하게 됩니다. 하지만 해보지 않으면 알 수 없는 일은 많습니다. 시간의 파도는 계속해서 밀려오고 지나갑니다. 그 사실을 잊지 않았으면 합니다.

해보지 않으면 알 수 없는 일은 많습니다.
시간의 파도는 계속해서 밀려오고 지나갑니다.
그 사실을 잊지 않았으면 합니다.

최근에 글러브를 샀습니다. 캐치볼을 하기 위해서. 캐치볼을 해보고 싶다고 생각했고, 해보니 무척 재미있었던 것입니다. 하지만 자신의 글러브를 살 것이라고는 생각하지 않았습니다. 그런데 산 것입니다. 작은 일이지만, 인생에는 이런 때가 옵니다. 야외에서 하는 캐치볼은 기분이 좋습니다. 언젠가 제대로 던질 수 있도록……이라는, 조용한 목표(야망)를 품고 있습니다.

오늘의 시간은
오직

_____한 번뿐입니다

　매일 아침 눈을 뜨면, '잘 잤니?' 하고 고양이에게 말을
겁니다. 고양이 밥을 준비하고, 창문을 열고, 음악을 틀고,
베란다의 화분에 물을 주고, 그러고 나면 홍차를 우립니다.
여행지 이외의 아침은 늘 이렇게 시작합니다.

　하루 가운데 아침을 가장 좋아합니다. 어떤 날씨이건, 어
떤 마음이건 '이렇게 아침을 맞이할 수 있는 일'이 소중하
게 느껴집니다.
　깨끗하게 정돈되어 있을 때도 있고 어제의 여운이 남아
있는 때 – 정리하지 않았다는 말이지만 – 의 아침에도, 기분

좋게 눈을 떴을 때도, 마음이 조금 아플 때도, 내게는 처음 맞이하는 새로운 아침입니다.

젊었을 때는 자신의 시간에 끝이 있다는 사실을 생각하지 않고 지냈습니다. 그것이 젊음이자 그 나이의 특권이겠지만, 그래서인지 뭔가 막연하게 보냈다는 생각이 듭니다. 또한 미래의 일을 이리저리 생각하며 열심히 살아보기도 하고, 불안해하기도 했습니다.

하지만 삶이라는 시간에 끝이 있다는 사실을 깨달은 후부터 '그날을 그날답게 보낼 수 있도록'이라고 생각하게 되었습니다. 여기도 시간이 조금 걸렸습니다. 시간의 끝을 깨달은 이후 몸과 마음에 그 사실을 새기는 데에 어느 정도의 시간이 필요했던 것입니다.

나이가 들면, 병에 걸리면 어떡하나. 이런 불안감은 누구나 갖고 있습니다. 하지만 미래의 일은 정말로 알 수 없습니다.

60살이 되었을 때의 걱정, 70살이 되었을 때의 불안. 하지만 정말로 60살까지 살아있을지 어떨지는 아무도 알 수 없습니다. 그 이후의 나이는 더더욱.

그러니까, 일단 걱정과 불안을 안고 있는 상태로 미래의 일을 생각하는 것은 그만두자고, 너무 마음 쓰지 말자고, 생각하게 되었습니다.

생각하지 않는 것이 아니라, 생각은 하되 걱정하지 않는 것이라고 할까요. 어차피 정해진 대로 될 수밖에 없으니, 될 대로 되고, 될 대로 한다.

지금 할 수 있는 일은, 오늘이라는 시간을 느끼면서 살아가는 것이라고 생각합니다.

오늘이라는 날이 쌓여서 1주일이 되고, 1달이 되고, 1년이 되어갑니다. 1년 후의 일은 알 수 없지만, 오늘, 지금의 시간은 스스로 만들어갈 수 있습니다. 선택할 수 있습니다.

늘 즐거운 날만 있는 것이 아니라는 사실은 이미 알고 있습니다. 몸이 좋지 않을 때도 있습니다. 그런 때에도 '오늘은 오늘뿐'인 것입니다.

하루의 끝에 '오늘도 좋았다'고 생각할 수 있도록. 그리

지금 할 수 있는 일은,
오늘이라는 시간을 느끼면서 살아가는
것이라고 생각합니다.
1년 후의 일은 알 수 없지만,

오늘, 지금의 시간은 스스로
만들어갈 수 있습니다.

고 다시 새로운 아침이 찾아오기를 설레는 마음으로 기다

릴 수 있도록.

때로는

_____ 밤샘을
해보기도 합니다

밤샘이 즐거웠던 것은 꽤 오래전의 일입니다. 아침 시간의 기분 좋음을 알게 된 후 점점 아침형 인간이 되었습니다.

하지만 때로는 밤샘도 좋습니다. 친구와 식사를 한 후 깊은 밤까지 이야기를 나누고, 여행지에서 일출을 기다리고, 읽고 싶었던 책을 밤새 읽고, 한밤중까지 이어지는 파티, 좋아하는 사람과 함께 보내는 한때. 이런 밤이 있기에 더욱, 일상의 아침 시간이 소중하게 느껴집니다.

즐거운 밤샘을 한 후, 회복할 때까지 시간이 걸리는 것은 어쩔 수 없는 일. 다음 날 거울을 보고 깜짝 놀라기도 하고 몸이 무거워지기도 하고. 하지만 그런 시간이 있기 때문에 더욱, 이 세상의 멋짐을 알기도 하는 것입니다. 두 번 다시 오지 않을 밤도 있습니다. 그래서 떠올리는 것이 이런 밤입니다.

여행의 방식도
자연스럽게

_____변해갑니다

어딘가로 여행을 떠날 때, 아주 조금의 여유를 두고 집을 나서게 되었습니다. 공항에 일찍 도착해서 커피 한 잔을 마실 수 있을 정도.

오가는 사람들을 바라봅니다. 이착륙하는 비행기를 풍경처럼 즐깁니다. 가져간 책을 펼칩니다. 약속이 있을 때는 그 사람을 떠올리면서 기다립니다. 지금부터 시작될 여행을 생각합니다. 설령 그것이 아주 짧은 시간이라고 해도. 조금의 여유에 시간이 깊어집니다.

지금은 큰 공항이나 주요 역에서 맛있는 커피를 마실 수 있습니다. 어디에서 어떤 커피를 마실 수 있는지, 어떤 커피 전문점이 있는지를 외우고 있습니다. 매장이 없을 때는 보온병에 맛있는 차를 담아 갈 때도 있습니다. 나리타 공항에는 맛있는 음식을 파는 곳들이 많아서, 과자나 초콜릿을 사서 커피와 함께 먹기도 합니다.

공항은 그 나라의 향기가 납니다. 내가 좋아하는 곳은 하와이의 공항입니다. 비행기에서 내리면 햇살과 산뜻한 바람과 향기. '그래, 이 느낌이야. 다시 이곳에 왔구나' 하고 뭉클해집니다. 귀국할 때는 '다시 이 바람 속에 서있기를' 하는 생각을 하면서 뜨거운 커피를 손에 듭니다.

북미의 어느 공항, 한 면 전체가 유리로 된 로비에서 시간을 보내던 때, 변해가는 하늘에 마음을 빼앗긴 적도 있습니다.

체력과 호기심과 속도 우선의 여행을 했던 때가 아주 조금 그리울 때도 있습니다만, 지금의 여행 스타일도 좋습니다. 커피 한 잔의 시간. 여행 스타일도 바뀝니다.

체력과 호기심과 속도 우선의 여행을 했던 때가
아주 조금 그리울 때도 있습니다만,
지금의 여행 스타일도 좋습니다.

커피 한 잔의 시간.
여행 스타일도 바뀝니다.

여행 가방은

_____ 눈에 보이는 곳에
놓아둡니다

한곳에 머무르지 못하는 성격이라는 것을 알게 된 때는 꽤 어른이 된 이후의 일입니다. 그렇다고 계속 이사를 하는 것은 현실적이지 못하기 때문에 그 대신 여행을 떠나는지도 모르겠습니다. 이전에는 시간을 만들어 '외국으로' 갔지만, 지금은 국내 여행이 즐거워졌습니다.

평생 사용할 여행 가방을 사야겠다고 생각한 것은 40살이 되었을 때입니다. 유럽에서 만들어진 가방이어서 파리에 갔을 때 사려고 했습니다. 그래서 여행 가방 없이 파리로. 하지만 그때는 아쉽게도 살 수 없었습니다. 결국 원하던 여행 가방을 손에 넣은 것은 여행에서 돌아온 후, 도쿄의 백화점에서였습니다.

상자처럼 생긴 짙은 남색 여행 가방은 종이로 만들어져 있습니다. 그래서 무척 가볍습니다. 몸이 작아서 가벼운 가방을 원했던 것입니다.

안쪽은 베이지색 리넨으로 덮여 있습니다. 한쪽으로만 짐을 넣게 되어 있는 형태여서 뚜껑을 여닫을 때도 짐이 흘러넘칠 일이 없습니다.

사용하면서 느낀 점은 '배려를 담아 만든 가방'이라는 점. 견고함이나 안전을 중시하는 사람에게는 맞지 않을지 모르지만, 사용하는 즐거움은 차고 넘칠 정도입니다. 무엇보다 그 모습이 아름답습니다.

장기 여행용 큰 가방이 무척 마음에 들었기 때문에 이후에 짧은 여행용으로도 하나를 더 샀습니다. 명품 가방을 갖고 있지 않은 내게는 이 여행 가방이 가장 좋은 가방입니다.

평상시에는 가방 안을 비워둡니다. 무언가를 넣어두고 싶은 마음이 들기도 하지만, 사용할 때 다시 넣고 빼는 것이 싫어서 아무것도 넣어두지 않게 되었습니다. 그 대신 향이 나는 비누를 하나. 스페인의 오래된 약국에서 만든 비누는 재스민 향이 납니다.

매일 사용하는 것은 매일 사용하니까 마음에 드는 것을 선택하듯이, 가끔 사용하는 것은 가끔씩만 사용하니까 더욱 소중하게 간직할 수 있는 것을 고르고 싶습니다. 인생에서 여행 가방을 살 기회는 그리 여러 번 찾아오지 않습니다.

여행 가방은 늘 눈에 보이는 곳에 놓아둡니다. 언제든지 여행을 떠날 수 있도록, 그런 마음으로 살아가고 싶습니다.

여행 가방은
늘 눈에 보이는 곳에
놓아둡니다.

언제든지 여행을 떠날 수 있도록,

그런 마음으로
살아가고 싶습니다.

만나고 싶은
사람이 있으면

_____만나러 갑니다

만나고 싶은 사람이 있으면 만나러 갑니다. 머릿속에만 있는 '언젠가'는 오지 않을 수도 있다고 생각하기 때문입니다.

나이가 들면 들수록 만나서 다행이라고 생각되는 사람은 소중한 존재입니다. 그렇게 생각되는 사람과의 만남이 인생에서 그리 자주 있는 일이 아니라는 것을 알게 되었기 때문에 더욱 소중하게 느껴집니다.

내가 '만나서 다행'이라고 생각하는 사람은 느낌과 생각을 이야기할 수 있고 이야기해주는 사람입니다. 자신의 마음속 이야기, 그 사람의 마음 깊이 있는 이야기, 그 사람이 그 사람인 이유, 생각하고 있는 것, 읽고 있는 책, 일에 대한 생각, 몰두하고 있는 것, 그 사람을 이루고 있는 빛과 그림자. 차를 마시면서, 함께 식사를 하면서, 때로는 산책을 하면서 그런 이야기를 합니다.

그런 이야기를 하기까지는 시간이 걸립니다. 그래서 대부분의 사람과 천천히 친해집니다.

눈앞에 있는 사람에 대해 얼마만큼 성실하게 대하는가. 그것이 그 사람에 대해 내가 할 수 있는 일입니다. 그래서 만나고 있는 동안에는 되도록 눈앞에 있는 사람의 이야기에 귀를 기울이고, 이야기를 듣습니다. 이야기를 할 때는 말이 제대로 전해지도록 노력합니다. 상대방이 말을 하지 못할 때는 말을 할 수 있게 될 때까지 기다려주면 되고, 내가 말이 나오지 않을 때는 상대방을 기다리게 하면 됩니다.

사람과의 관계를 쌓는 방식은 그 사람의 삶의 방식과 비슷합니다. 많은 사람과 깊은 관계를 맺는 사람이 있는가 하면, 얕고 넓은 관계를 맺는 사람. 나처럼 좁고 깊은 관계를 편하게 생각하는 사람도 있을 것입니다. 좋고 나쁨이 아니라, 각자 자신에게 맞는다고 생각되는 지점에 안착하는 것입니다. 세월이 흐르는 동안, 지금의 상태가 좋다고 생각하게 되었습니다. 정답은 없습니다.

사람과의 관계를 쌓는 방식, 거리를 두는 방식은 여러 가지가 있습니다. 하지만 모든 것의 시작은 만나는 것에, 이야기를 나누는 것에 있습니다. 그래서 만나러 가는 것입니다.

만날 약속을 하고 나면 상대가 여성이든 남성이든, 연하든 연상이든, 그 사람과의 시간을 상상하며 몸치장을 합니다. 한다고 해야 늘 똑같지만. 하지만 기분 좋게 시간을 보낼 수 있도록, 서로가 만나길 잘했다고 생각할 수 있도록 나름의 노력을 합니다. 누군가와 만나는 것은 자신과 상대의 시간을 서로 나누는 것입니다.

차를 마시고 식사를 하면서 이야기를 나눕니다. 최근에 생긴 일, 읽기 시작한 책, 기분, 건강, 일, 패션, 연인, 가족 등등의 이야기들을. 때로는 대화가 끊겼을 때의 침묵도 좋습니다. 그때는 가만히 그 사람을 느껴봅니다. 이야기하고 있을 때 이상으로 그 사람에 대해 무언가를 생각하게 될 때도 있습니다.

각자의 생활과 일 속에서 서로 시간을 내고, 그 시간 속에서 상대방을 존중하고, 자신도 존중받습니다. 인생이라는 시간 속에서 서로 겹치는 순간.
지금 만나고 싶은 사람은 누구입니까?

과거의 기억들을

_____소중하게
        간직합니다

책을 편집하던 20대의 일. 지금 생각하면 그때 익힌 것, 배운 것은 무척 많습니다. 업무에 관한 것도 그렇지만, 그 이외의 것도 많이 배웠습니다.

예컨대 저자와 식사를 할 때 어떤 곳을 선택할까. 약속 장소를 어디로 할까. 간단한 선물은 어떤 것이 좋을까. 꽃을 어디서 사고 어떻게 포장할까. 일을 의뢰할 때 편지를 쓰는 법과 편지지를 고르는 법. 업무에 대한 것도 많이 배웠고, 업무와 직접적으로 관계가 없지만 '필요한 것'도 많이 배웠다고 생각합니다.

'배웠다'라고 깨달은 것은 그 직장을 떠나고 오랜 시간이 흐른 후였습니다. 직장을 그만둔 직후에는 프리랜서였기 때문에 눈앞의 일밖에 보지 않았습니다. 아마도 혼자 일하게 되어 편하다……고 생각했던 편이 컸었겠죠. 하지만 10년 이상의 세월이 흘러, '그때'를 떠올리게 되었던 것입니다.

직장뿐만 아니라 저자에게 배운 것도 있습니다.

어느 날, 어느 분의 책을 만들게 되었습니다. 한참 연상의 여성입니다. 일을 하는 동안 자택을 방문할 기회가 있었는데, 그 편안한 분위기에 놀란 적이 있습니다.

기분 좋게 정돈된 방에는 질 좋은 가구, 식기, 책, 장식품. 좋은 물건을 일상적으로 편안하게, 그리고 오래 사용하고 있었습니다. 모든 것이 그 사람다웠고, 그 사람 자체였습니다. 그리고 생각했습니다. 이렇게 살아가면 좋겠다고.

자신이 좋아하는 일을 하고, 느낀 것을 글로 옮기고, 시간을 소중히 하고, 원하는 장소에서 살아가는 모습. 그리고 청결함. 그렇습니다. 청결함이 때로는 필요하다는 것도 그

분을 통해 알았던 것입니다.

시간이 흐르면서, 그 나이 때 만났던 사람들과 있었던 일의 소중함을 생각합니다. 스스로 익힌 것도 있지만, 배운 것은 그 이상으로 많았다는 생각이 듭니다. 그 사실을 나 자신이 몰랐을 뿐. 쓸모없는 것은 무엇 하나 없습니다.

혹시 그때는 '필요 없는 일'이라고 느꼈다고 해도, 미래가 변하면 과거도 변합니다.

그리고 지금도 많은 것을 배우고 있습니다. 일 속에서, 친구의 모습에서, 세상에 일어나는 일들 속에서. 보고 있는 것은 내게 무언가를 전해주는 것입니다.

그렇게 배운 것들은, 지금도 내 안에서 하나의 기준이 되어 있습니다. 내가 나로 있기 위한 기준.

어떤 사람을 만나고 어떤 사람과 어떤 시간을 보내는지. 사람과의 만남만큼 소중한 것은 없다고, 나이가 들수록 생각하게 됩니다.

어떤 사람을 만나고 어떤 사람과 어떤 시간을 보내는지.

사람과의 만남만큼 소중한 것은 없다고,
나이가 들수록 생각하게 됩니다.

_____어떤 일이든

단정부터
짓지 않습니다

그 입장이 아니면 알 수 없는 것이 있다. 이 사실을 알게 된 것은 나이가 들었기 때문이라고 생각합니다. 자기 자신의 일, 다른 사람의 일. 인간관계, 일, 생사, 질병. 인생을 둘러싼 모든 것에서.

자기가 아닌 다른 누군가의 아픔이나 슬픔은 어느 정도 상상할 수 있습니다. 하지만 역시 당사자가 아니면 알 수 없는 일은 인생에 얼마든지 있습니다.

자신이 그 입장이 되었을 때 비로소 알게 되는 것입니다. 그때 그 사람은 이런 기분이었구나, 이렇게 느꼈구나, 하고. 그때 알았다면 좀 더 다정하게 대할 수도 있었을 것입니다. 말이 부족했던 일, 반대로 말이 많았던 일을 떠올립니다.

병이나 죽음은 나이가 들면서 경험하는 횟수가 늘어납니다. 가까운 사람이 죽고, 가족이 병에 걸리고. 때로는 자기 자신이 아플 때도 있습니다. 상실감이나 아픔, 그중에는 희망을 찾을 수 없는 경우도 있습니다. '그 입장이 되지 않으면 알 수 없다.' 그 말을 마음에 새겨두려고 합니다. 모를 때, 상상할 수 없을 때, 경험한 적이 없을 때는 되도록 '단정' 짓지 않아야 한다는 것도.

모를 때 할 수 있는 일은 조용히 들어주는 정도이겠죠. 그때 자신의 의견은 말할 필요가 없다는 생각이 듭니다. 무슨 말을 해야 좋을지 알 수 없을 때는 가만히 들어주면 됩니다. 만약 비슷한 입장이고 이해할 수 있다면 그때 할 수 있는 것을 하면 됩니다.

그때 했던 경험은 언젠가 누군가에게 도움이 될 수도 있다고, 언제부턴가 그렇게 생각하게 되었습니다. 경험은 자신과 비슷한 입장이 된 사람에게 어떻게 하면 좋을지를 알

나이가 든다는 것은
인생이라는 시간을
깊이 있게 만드는
과정이기도 하지 않을까요.

'나이가 든다는 것도 나쁘지 않다'고
생각합니다.

려주는 가이드가 됩니다. 느끼는 방식이나 받아들이는 방식, 표현하는 방식은 사람에 따라 다르지만 '슬픔'이라는 감정은 크게 다르지 않습니다. 그래서 자신이 '그때' 어떻게 했는지를 떠올리면 됩니다.

그리고 만약 자신이 그 슬픔에서 일어설 수 있었다면. 아픔과 상처는 사라지지 않지만, 그것을 보듬고 살아갈 수 있다는 사실을 전해줄 수 있습니다.

사람은 무언가 힘든 일이 있어도 말을 하지 않는 경우가 많습니다. 하지 않는 것이 아니라 할 수 없는 경우도 있습니다. 말을 할 수 있게 되기까지 시간이 걸릴 수도 있고, 친한 사람에게도 이야기하지 못할 수도 있습니다. 그러니 그런 관계를 새롭게 만들려고 한다면, 당연히 시간이 걸리겠지요.

젊었을 때는 그런 것에는 전혀 생각이 미치지 못했습니다. 경험은 마침내 필요해졌을 때를 위한 선물 같은 것인지도 모르겠습니다.

아픔이 있다는 것. 아픔이 있어도 살아갈 수 있다는 것.

나이가 든다는 것은 인생이라는 시간을 깊이 있게 만드는 과정이기도 하지 않을까요. '나이가 든다는 것도 나쁘지 않다'고 생각합니다.

즐거운 일도, 슬픈 일도 모두 나의 시간입니다. 그 속에서 무엇을 찾아내고, 느끼고, 받아들일지는 스스로 결정해도 됩니다. 20살은 20살의, 30살은 30살의, 50살은 50살의 받아들이는 방식이 있을 것입니다.

'몸'의 변화를 _____

_____ 받아들이고 있습니다

몸은 머리보다 정직합니다.
되도록 솔직한 몸으로 만들기.
그것이 변해가는
몸의 소리를 들을 수 있는
방법 중 하나라고 생각합니다.

변화를

_____자연스럽게
받아들이고 싶습니다

1968년에 생산된 차를 타고 다녔던 적이 있습니다. 아름다운 차였습니다.

아름다운 차였지만 정기적으로 점검이 필요했습니다. 비가 많이 오면 창문 틈새로 빗물이 새어들었고, 가죽 시트는 딱딱했고, 겨울에는 추웠습니다. 물론 오디오도 내비게이션도 없고 창문은 수동식. 그밖에도 오래된 차의 특징은 얼마든지 들 수 있습니다.

하지만 그 차를 운전하는 것은 즐거웠습니다. 귀에 닿는 엔진 소리와 몸에 전해지는 진동에는 '사람이 만들었다'는 느낌이 남아 있습니다. 기계지만, 때로는 살아있는 생명처럼 느껴질 때도 있습니다. 그리고 핸들을 잡을 때면 늘 '가다가 멈출지도 모른다'는 불안이 살며시 뇌리를 스치곤 했습니다.

그 차는 사람을 닮았구나, 하고 생각합니다.

요즘과는 다른 디자인과 아름다움. 물건을 만드는 자세, 시대의 성실함 같은 것을 그 차를 통해 느낄 수 있었습니다. 섬세한 핸들, 차체의 색, 세세한 부분까지 신경 쓴 디자인. 그것은 요즘 차에는 없는 매력입니다. 편리하고 쾌적한 요즘 차에서는 느낄 수 없는 것들이 그 차에는 분명히 있습니다. 하지만 때로는 다소의 불편함을 각오해야 합니다. 나이가 든다는 것은 그런 것이 아닐까요.

나이를 먹는다는 것은 몸, 생명, 자신의 변화를 받아들이는 것입니다. 서서히 변화하기도 하고, 어느 순간 갑자기 변화하기도 합니다. '언젠가 멈출지도 모른다'고 생각하면서 운전하던 낡은 차처럼. 그래서 조심스럽게 다루고, 이따금씩 손질을 하고, 장점을 발견하고, 즐겁다고 생각하고,

시간을 내 편으로 만들고, 하지만 각오도 하면서 지내는 것입니다.

앞으로의 일에 대해 '준비'하는 것도 필요하겠죠. 상상하는 일은 금방 다가옵니다. 하지만 걱정은 하지 않습니다. 보이지 않는 미래만 생각하다가 지금을 허비하고 싶지는 않습니다. 닫아버리기 쉬운 마음을 스스로 이해하고 자유로워질 수 있도록 부드럽게 만드는 기술을 배워둡니다.

50살이 되었다고 해서 그날부터 무언가가 크게 변할 것이라고는 생각하지 않습니다. 지금까지 쌓아왔던 시간을 안고 있는 자신이 하나의 통과지점을 지나 계속 나아가는 것이겠죠.

50년이라는 시간을 객관적으로 생각하면 (대부분의 사람들이 그렇듯이) 숨이 막힐 듯 아득하게 느껴지지만, '지금'이 쌓이고 쌓여 만들어진 50년이라고 생각하면 의외로 자연스럽게 느껴집니다. 나는 그 통과지점을 되도록 가볍게 지나고 싶습니다.

실제로 50살의 생일은 마음의 준비를 한 것치고는 큰 감정적 동요 없이 산들산들 바람이 불 듯 지나갔습니다. 평상시처럼.

생일이라는 '특별한 날'은 분명히 있습니다만, 당연히 거기에 멈출 수는 없습니다. 다음 날이 되면 다음 나이를 맞이하는 새로운 아침이 찾아옵니다.

젊었을 때 상상했던 50살과 현실의 50살의 차이에 당황하면서도, 전진합니다. 되도록 시간을 내 편으로 만들면서.

벌써 50살. 겨우 50살. 어찌 됐든 50살입니다.

나이를 먹는다는 것은

몸, 생명, 자신의 변화를
받아들이는 것입니다.

몸의 소리에

───────귀 기울여
봅니다

몸이 변하는 때가 있습니다.

그 시간이 지나고 나면 컨디션이 돌아오지만, 그 과정은 힘겹게 느껴지기도 합니다. 하지만 그 시간은 무언가를 바꾸는 기회이기도 하고, 변화를 알려주는 때이기도 합니다.

지금까지의 식사, 습관, 당연한 듯 했던 일들을 다시 한 번 되짚어보게 됩니다. 그런 순간이 찾아오지 않으면, 자신의 삶을 되돌아보는 시간을 갖기 어렵습니다. 그리고 병명이 있건 없건, '나쁜 컨디션' 그 자체를 받아들입니다.

가능하면 친한 사람에게 자신의 상태, 느낌을 상세하게 이야기하고 이해받도록 합니다. 이때 필요한 것은 평온한 감정으로 조용하게 이야기할 것, 무언가의 탓을 하지 않을 것, 두 가지입니다. 주변의 이해는 몸도 마음도 훨씬 편하게 해줍니다.

시간이 흐르면 변화된 몸에 새롭게 적응할 수 있는 단계에 이릅니다. 몸의 변화에 몸이 익숙해질 때까지 각자 나름의 방법을 찾아냅니다. 자신을 탓할 필요가 전혀 없는, 단지 나이가 드는 것의 일부라는 사실을 이해하게 되는 것입니다.

나는 몸의 감각에 더욱 주의를 기울이게 되었습니다. 몸이(마음도) 긴장할 것 같은 상황은 되도록 피하고 있습니다. 무언가 갈등이 될 때는 긴장하지 않는 쪽을 선택합니다. 그러기 위해서는 긴장하고 있을 때와 편안해하고 있을 때의 자신을 알아야 합니다.

방법은 간단합니다. 눈을 감고 자신이 처할 상황을 떠올리는 것입니다. 그 상황에 있는 자신이 긴장하고 있다고 느끼면 그쪽을 선택하지 않습니다. 여러 개의 선택지가 있다면 가장 편안해지는 상황을 선택합니다.

사람은 편안해졌을 때 비로소 자신이 긴장했었다는 사

실을 깨닫습니다. 그래서 한 번씩 의도적으로 긴장을 풀어
주는 것이 중요합니다.

　몸은 머리(이성)보다 정직합니다. 되도록 솔직한 몸으로
만들기. 그것이 변해가는 몸의 소리를 들을 수 있는 방법
중 하나라고 생각합니다.

여전히
내 몸을

사랑하고
있습니다

　나이가 들어가면 몸을 관리할 필요가 생깁니다. 하지만 특별한 것이나 비싼 기구를 사용하는 것은 현실적으로 지속하기 어려운 부분이 있습니다. 각자의 관리법이 있으면 불필요한 것들은 적어지고, 그러한 것들이 적어질수록 삶은 가벼워집니다.

　나의 관리법은 '음식, 수면, 걷기, 호흡, 신뢰' 다섯 가지. 이 다섯 가지를 어느 정도 소화해내고 있으면 특별한 것을 할 필요가 없습니다.

　음식은 되도록 제철 식재를 사용합니다. 시간을 들여 만든 천연조미료를 사용해 가볍게 요리하고, 꼭꼭 씹고, 과식하지 않도록 합니다.

수면은 안정된 장소에서 오후 10시부터 새벽 2시 사이에는 깊은 잠을 잘 수 있도록 합니다.

걷기는 시선을 조금 앞에 두고, 몸의 중심(또는 단전)을 의식하면서 걷는 것에 집중합니다. 걷기 위해 걷는 경우도 있고, 물건을 사러 갈 때 일부러 돌아서 가는 경우도 있습니다.

호흡은 깊게 들이마시고 내뱉습니다. 문득문득 얕은 호흡을 하고 있을 때가 있어서, 끊임없이 호흡을 의식합니다.

그리고 신뢰. 자신의 몸을 믿습니다. 몸속을 볼 수 없는 대신 느낄 수 있도록 노력합니다. 몸이나 질병과 결코 싸우지 않습니다. 불편한 곳이 있으면 거기에 순응하려고 합니다. 평소 몸을 구박하는 말은 하지 않습니다.

위의 다섯 가지를 지키면 하루의 몸 상태는 물론이고, 긴 시간 속에서 몸을 바라보는 시선, 그리고 몸과의 관계가 정리되는 것이 느껴집니다.

우리가 의식하지 않아도 몸은 좋아지는 방향을 향해 매일 스스로 움직이고 있습니다. 그 움직임을 멈추지 않도록 하는 것이, 자신이 할 수 있는 일이라고 생각합니다.

　이 다섯 가지는 자칫 잊기 쉽지만, 어디에서든 언제든 시작할 수 있는 일입니다. '음식, 수면, 걷기, 호흡, 신뢰'. 자주자주 떠올리려고 하고 있습니다.

몸의 자세는

――――――마음의 상태를 보여줍니다

오가는 사람 중에는 저절로 눈길이 가는 사람이 있습니다. 대부분이 자세가 좋은 사람입니다. 경쾌하게 걷기도 하고, 즐거운 듯 지나쳐 가기도 하고, 당당한 분위기를 발산하기도 합니다. 그럴 때면 자세가 중요하다는 사실을 새삼 깨닫습니다.

"자신이 '이렇게 해야지'라고 결정하면, 몸은 그쪽을 향합니다."

그런 말을 들은 적이 있습니다. 마음가짐 하나로 몸은 변한다. 이는 몸뿐만 아니라 마음도 마찬가지라고 생각합니다. 몸의 자세, 마음의 자세는 자신이 하기 나름. 그래서 어떤 자세로 있기를 원하는지, 가끔씩 생각을 해봅니다.

수첩에 여러 가지를 적고 있습니다. 그때의 상황, 잊고 싶지 않은 말, 어떤 모습이고 싶다는 바람. 그리고 가끔씩 적은 것을 읽어봅니다.

글로 적으면 좀 더 자신에게 가까워지는 느낌이 듭니다. 잊기 쉬운 것도 마음에 담아둘 수 있습니다. 지금의 감정과 미래에의 소망까지. '지금'을 축으로, 시간이라는 흐름이 강처럼 이어지고 있다는 사실도 알 수 있습니다.

적어놓은 내용에는 물론 '자세'에 대한 것도 있습니다. 묻혀버리기 쉬운 일이나 귀찮다고 생각하는('귀찮다'는 말의 무시무시함이여!) 것은 적어둡니다.

자세가 좋은 사람은 무엇보다 그 자태가 아름답습니다. 아름답게 살고자 하는 그 사람의 마음이 반영된 것이겠지요. 좋은 자세를 유지하는 데에는 어느 정도 의지가 필요합니다. 자신도 모르게 등을 구부리고 있는 경우가 수없이 많지만……. 그럼에도 계속적으로 의식을 하다 보면 마침내 그 자세는 일상처럼 굳어집니다. 좋은 자세가 주는 매력은 나이나 성별을 가볍게 뛰어넘습니다.

자세도, 몸의 방향도, 마음의 모습도, 사물을 받아들이는 방식도, 어디를 향하고 싶은지는 시선 끝에 있는 풍경 속에 있습니다. 그곳에 무엇이 보이는지, 무엇을 보려고 하는지. 혹여 지금은 보이지 않아도 보고 싶은 것이 무엇인지 알게 되면 이내 보이게 됩니다. 바람처럼 걷고 있는 사람과 스쳐 지나갈 때, 그 사람 너머에 있는 것이 투명하게 보이듯이.

느긋하게
보내는 하루는

꼭 _____ 필요합니다

　누구에게나 피곤은 쌓입니다. 그래서 느긋하게 보내는 하루를 스스로에게 허락합니다. 아무것도 하지 않으면 죄책감이 느껴지기도 하지만, 매일 똑같은 페이스로 일하는 것이 힘들다는 사실을 인정합니다. 아무 걱정 없이 오로지 잠을 잡니다. 불편한 마음을 품지 않고 쉬는 일.

　몸도 체력도 이전과는 다릅니다. 지금은 지금인 것입니다. 누구에게나 힘든 날이 있습니다. 그것은 자연스러운 일. 우리는 살아있으니까요.

　그런 날을 무리하지 않고 지나가게 내버려 두는 기술을 찾아냅니다. 기분 좋게 나이를 먹기 위해서, 아주 약간의 느긋하게 보내는 하루를 스스로에게 허락합니다.
누구에게나 힘든 날이 있습니다.

그것은 자연스러운 일. 우리는 살아있으니까요.

용기와 지혜를 갖고.

"당신의 혼이 이 몸에서 지내고 싶다는 마음이 들도록 당신의 몸에 친절해지세요."

아주 오래전 수도원에서 들었던 말입니다.

몸은 스스로

좋아지는 쪽을
_____향합니다

롤핑* 치료를 받은 것은 49살 때의 일. 이전부터 흥미는 있었는데 10회 치료의 운동요법이어서 시간과 비용이 들어 조금 고민했지만, 이 나이니까 받는 편이 좋다고 생각해 다니기로 했습니다. 봄에 시작해서 치료가 끝난 것은 가을 초입, 금계화 향이 감돌 무렵이었습니다.

롤핑 치료를 받고 변한 것은, 이전까지는 1달에 한 번은 몸이 원하던 정체요법이나 침과 뜸을 받을 필요가 없어졌다는 것입니다. 시술을 받기 전에 그 이야기는 듣기는 했는데, 정말로 필요가 없어졌습니다.

상태가 조금 좋지 않은 부분이 생겨도 깊게 호흡을 하며 몸에 의식을 집중하고 믿고 잠을 자면 며칠 후나 다음 날, 빠르면 바로 그날에 몸이 회복됩니다. 어떤 경위를 거쳐 몸이 그렇게 변화하는 것인지는 모릅니다. 그냥 그렇게 되기 때문에 다른 것을 하지 않아도 되었습니다.

이 변화는 큰 변화로, 조금 더 폭넓은 감각으로 몸을 의식할 수 있게 되었습니다. 무엇보다 필요 이상으로 걱정하는 일이 없어졌고, 몸에 대해 신뢰할 수 있게 되었습니다.

이전에도 몸을 신뢰하고 있었습니다. 하지만 지금 생각해보면 롤핑을 받은 후 그 신뢰가 깊어졌다고 느낍니다.

몸의 통증이나 고통은 그 원인이 생각지도 않은 곳에 있는 경우가 있습니다. 아픈 어깨의 원인이 어깨에 있는 것이 아니라 내장기관에, 평상시의 버릇에, 음식에, 또는 마음의 문제에 있는 경우가 있습니다. 연결고리를 알게 되면 몸과 더욱 좋은 관계를 유지할 수 있습니다.

마지막 롤핑 치료를 받은 후 반년 만에, 점검을 위해 치료원에 갔었습니다. 그때 다시 새로운 것을 깨달을 수 있었습니다. 그래서 딱히 문제가 없더라도 반년에 한 번은 진단을 받을 생각입니다.

'더욱 좋아지는 상태'를 일상 속에서 가장 우선순위로 두어봅니다. 거스르지 않고 기분 좋은 몸을 만들어갑니다. 몸은 스스로 좋아지는 쪽을 향한다는 것을 믿고. 정말로 필요한 것은 필요할 때 그 사람에게 찾아옵니다.

*롤핑

미국의 생화학자 아이다 롤프가 고안한 운동요법. 해부학과 생리학을 바탕으로 확립한 이론이다. '중력과 조화를 이루는 균형 잡힌 신체'를 목표로 하며, 치료는 10회 단위로 이루어진다. 단, 롤퍼(시술자)에 따라 그 순서는 바뀐다. 구체적으로는, 근육에 접근해서 신체의 각 부위를 본래의 위치로 되돌리고 연대할 수 있는 동작을 이끌어냄으로써 '중력과 조화를 이룬 신체'를 만든다. 대증요법이 아닌, 본질적인 부분에서 신체를 파악하는 운동요법이다.

내가 먹은
음식은

_____나를 말해줍니다

음식으로 몸과 마음이 변하는 경험을 했던 것은 20대 후반입니다. 음식으로 인해 몸이 변하는 것은 쉽게 수긍이 갔습니다. 하지만 마음도 변한다는 사실에는 놀라지 않을 수 없었습니다. 그리고 그것을 알게 된 것은 무척 소중한 것이라고, 시간이 흐른 지금도 생각합니다.

무엇을 어떻게 먹으면 건강하게 살아갈 수 있을까. 그런 정보는 세상에 흘러넘치고 있습니다. 무엇이 좋고 무엇이 나쁘다는 등 다양한 견해가 있고, 이럴 때는 '이것', 저럴 때는 '저것', 더구나 새로운 정보는 끊임없이 생겨납니다.

일일이 받아들였다가는, 안 먹으면 큰일 날 것 같은 음식으로 넘쳐날 것 같습니다.

'먹는다는 것은 삶의 방식 그 자체'라고 생각합니다. 무엇을 먹을까 하는 선택에서부터, 어떻게 먹을까, 어떤 정보에 귀를 기울일까.

정보는 그때그때 바뀌는 것이어서 옳고 그름으로 구분할 수 없습니다. 그래서 더욱, 어디에 착지점을 두는지가 그 사람 자체를 말해준다고 생각합니다.

나는 채소 중심의 식사를 하고 있습니다. 동물성을 전혀 먹지 않았던 시기도 있었지만, 지금은 가끔씩 생선을 먹습니다. 많지는 않지만 육류를 먹을 때도 있습니다. 백설탕이 들어간 과자를 집어먹을 때도 있고, 우유가 듬뿍 들어간 카페오레를 마실 때도 있습니다. 지금 중요하게 생각하는 것은 '정보'보다 '몸의 감각'입니다.

맛있는 것이나 몸에 좋다고 하는 것도 지나치면 몸에 해로운 경우도 있고, 마음이 불안정해지기도 합니다. 하지만 혹여 몸이 안 좋아진다고 해도 다시 제대로 된 식사와 수면을 취하면 몸은 회복됩니다. 음식을 조절하면 마음도 조절됩니다. 몸과 마음은 깊은 곳에서 연결되어 있기 때문입니다.

지금은 어떤 음식이 좋다 나쁘다 판단하기보다는 '맛있게' 먹는 것에 의식을 집중하고 있습니다. 그렇게 생각하는 편이 좋은 기분으로 살아갈 수 있으니까요. 어떤 음식에 대해 부정적으로 생각한다거나 자신과 취향이 다른 사람에게 거부감을 갖기보다는 '공감'할 수 있는 부분에 초점을 맞춥니다. '맛있는 것을 함께 먹는 시간'과 '음식은 내 몸을 만들어주는 것'이라는 생각에 집중합니다.

음식은 본래 그런 힘을 갖고 있습니다. 음식은 살아가는 데에 필요한 것일 뿐 평가 대상은 아니라고 생각하게 되었습니다.

나이가 들면 몸에 대한 시선과 관계가 변합니다. 그에 따라서 먹는 음식도 변합니다. 검사나 수치로 표시되는 건강 상태에 따라 의사에게 충고를 듣는 경우가 생길 수도 있습니다. 그럴 때는 다시 음식을 되돌아보게 될 것입니다. 몸에 의식을 집중하고, 만약 무언가가 잘못되었다고 느낀다면 그때부터 바꾸면 되는 것입니다. 누군가가 옆에서 가르쳐줄 수도 있겠지요.

어떤 음식이 좋다 나쁘다
판단하기보다는
'맛있게' 먹는 것에
의식을 집중하고 있습니다.

그렇게 생각하는 편이
좋은 기분으로 살아갈 수 있으니까요.

'살아가는 것은 먹는 것'이다. 오래전부터 그렇게 생각
해왔습니다.

몸의 휴식을 위해

_____ '소식하는 날'을
정했습니다

1주일에 하루, 1달에 하루. 자신의 몸에 맞춰 소식하는 날을 만듭니다. 내장을 쉬게 하기 위해 그리고 깊은 잠을 위해.

나이와 함께 몸속 내장기관도 변합니다. 보이지 않는 곳이기에 더욱, 가끔씩 쉬게 해줘야 합니다. 24시간, 365일 쉬지 않고 움직여주고 있으니까요. 낮에는 평상시대로 먹더라도 밤에는 죽을 먹어봅니다. 단 음식을 즐겨먹는다면 하루는 건과일이나 과일만을 먹어봅니다. 또는 다음 날을 위해 야채주스나 스무디, 따뜻한 차로 하루를 보내볼 수도

1주일에 하루, 1달에 하루.
자신의 몸에 맞춰 소식하는 날을 만듭니다.

내장을 쉬게 하기 위해
그리고
깊은 잠을 위해.

있습니다.

내장기관을 쉬게 해서 몸의 감각을 예민하게 하면 몸이 내는 소리도 쉽게 들리고, 동시에 기분도 생각도 깨끗해지는 것을 느낄 수 있습니다.

나에게 맞는
관리를

_____알아가고 있습니다

생각해보면 지금보다는 젊었을 때 오히려 다양한 종류의 비싼 화장품을 사용했습니다. 그 나이 때는 그런 화장품이 필요했을지 모르겠습니다. 하지만 몇 년 전부터는 정말로 간단해졌습니다. 화장수와 크림, 클렌징. 가끔씩 오일을 사용하는 정도입니다.

사용하는 화장품은 오가닉 제품입니다. 계속 같은 제품을 사용하는 것도 있지만, 가끔씩 다른 제품을 시도해보기도 하고, 그때그때 피부의 느낌이나 계절에 따라 바꿔보기도 합니다.

아침은 미지근한 물로 세수를 하고 화장수를 바를 뿐. 저녁에는 클렌징을 하고 화장수를 바른 후 건조한 느낌이 있을 때는 크림을 바릅니다. 미용액 같은 것은 샘플을 받았을 때 써보는데, '역시 사용하는 게 좋지 않을까' 하는 생각이 들기도 하지만, 지금까지 구입하지 않고 있습니다.

클렌징은 시간을 들여 꼼꼼하게 헹굽니다. 미지근한 물로 50회 정도. 손은 항상 얼굴의 아래에서 위로 움직입니다. 이전에 텔레비전에서 소개된 '피부에 좋은 세안법'을 보고 따라하고 있습니다. 아마도…… 30살 정도부터일 것입니다.

다음은 간소화시킨 아유르베다 오일 마시지를 아침에 가끔씩. 시중에서 판매하는 백색 참기름을 끓어오르기 직전의 온도까지 가열해서 식힌 것을 마사지 오일로 사용합니다. 사용할 때는 오일을 중탕해서 조금 데운 후, 손바닥에 덜어 머리(머리카락)부터 발끝까지 마사지합니다.

피부 온도 정도로 데운 오일이 닿으면 무척 기분이 좋아서, 후우~ 하는 깊은 숨이 절로 나옵니다. 오일도 놀라울

만큼 전신에 잘 스며듭니다. 전신을 마사지한 후 잠시 그대로 두었다가 물로 씻어냅니다. 여기서 '잠시 그대로'가 중요한데, 저는 가만히 기다리지를 못해서 금방 씻어냅니다. 그래도 건조한 계절에는 피부도 머리카락도 촉촉해집니다. 머리카락에 탄력도 생깁니다. 바디로션도 필요 없습니다.

참기름은 구입하기도 편하고 가격도 그리 비싸지 않습니다. 볶지 않고 수증기로 쪄서 짜낸 백색 참기름은 특유의 고소한 향기도 없어서 일상적으로 사용하기에 좋습니다.

피부에는 그때의 상태가 드러난다고 생각합니다. 나이뿐만 아니라, 정신적인 상태, 육체적인 상태, 식생활, 수면, 복용하는 약, 감정까지도. 정신적으로 지쳐 있을 때는 피부에도 그 피로가 드러납니다. '무엇을 사용하는지'보다 '어떻게 생활하는지'라고, 세월과 경험이 가르쳐주었습니다. 자신의 피부에 책임을 질 수 있는 생활을 하고 싶습니다.

신체의 어떤 부분을 어떻게 바꾸고 싶다고 생각하기 시작하면 끝이 없습니다. 나는 늘 햇볕에 탄 듯한 피부색입니다. 실제로 햇볕에 타기도 했고, 쉽게 타는 피부라서 어렸을 때부터 그래왔습니다. 하지만 뭐 함께 살아가는 수밖에

'무엇을 사용하는지'보다
'어떻게 생활하는지'라고,

세월과 경험이 가르쳐주었습니다.

자신의 피부에
책임을 질 수 있는
생활을 하고 싶습니다.

없습니다. 이미 50년을 함께 해왔으니까요. 앞으로도, 되도록 소중하게, 나답게 같이 살아갈 생각입니다.

몸의 끝부분은
늘 깨끗하게

_____유지합니다

손가락 끝이나 발바닥, 발뒤꿈치는 나이가 드러나기 쉬운 부분입니다. 언젠가 손톱에 세로줄이 생긴 것을 보았습니다. 나이 탓이었습니다.

손가락과 발바닥은 1주일에 한 번, 관리를 하고 있습니다.

예전에는 짧게 잘랐던 손톱. 아주 살짝 여유를 두는 편이 손가락에 좋다는 것을 알게 된 후 너무 짧게 깎지 않도록 주의합니다.

손은 쉽게 거칠어지기 때문에 설거지를 할 때는 고무장

갑을 끼고, 바지런히 로션을 바릅니다. 비치샌들을 신는 계절에도, 그렇지 않은 계절에도 발바닥은 늘 관리를 합니다.

보이든 보이지 않든, 몸의 '끝부분'은 깨끗하게 유지하고 싶습니다. 끝부분이 깨끗하면 나 자신이 행복합니다.

보이지 않는
곳에도

_____신경을 씁니다

예전에 한 소설가의 수필에서 '속옷은 세일로 사지 않는다'는 글을 읽은 적이 있습니다. 수필에는 그 외에도 '하지 않는 것'이 몇 가지 있었지만, 왠지 그 글만이 마음에 남아 있습니다. 인상적이었나 봅니다.

속옷은 심플한 디자인, 같은 계열의 색상을 구입하고 있습니다. 구입하는 곳도 늘 같은 매장. 그곳은 내가 무엇을 샀는지 기록해줍니다. 사이즈, 디자인, 제품번호, 색상. 그래서 '같은 것'을 사고 싶을 때 간단하게 부탁할 수 있고, 같은 디자인이라도 새로운 색상이 나오면 알려줍니다.

새로운 디자인을 구입하려고 할 때는 가능하다면 반드시 시착을 해봅니다. 사용하던 것이라도 오랜만에 구입할 경우에 사이즈가 변하지 않았는지 확인합니다.

디자인이 예뻐도 사이즈가 맞지 않는 것은 포기합니다. 피부에 가장 가깝고, 매일 오랜 시간을 입고 있는 것이므로 몸에 맞는 것, 그때의 기분에 어울리는 것을 입고 싶습니다.

비싼 것도 필요 없고, 많이 있을 필요도 없습니다. 마음에 드는 것을 소중하게 사용하고 바꿀 시기가 되면 새로운 것으로 바꾸기……. 이렇게 하는 것이 이상적이라 생각합니다.

피부의 색이나 탄력이 나빠지는 나이는, 어울리는 스타일의 폭도 넓어진다는 것을 깨달았습니다. 너무 여성스럽다고 생각했던 것이 나이가 들면서 어울리게 됩니다. 지금이니까 여성스러운 것도 어울리는 것입니다.

발바닥이나 손톱이 깨끗하면 왠지 기분이 좋아지는 것처럼, 속옷에도 비슷한 감정이 드는 듯합니다.

변해가는
몸의 상태를

_____받아들입니다

　왼쪽 눈이 잘 보이지 않는다는 것을 느낀 것은 40대의 마지막 해였습니다. 하지만 그때는 가끔씩 일시적으로 나타나는 현상이어서 그다지 신경 쓰지 않았습니다. 잘 보이지 않는다고 확실하게 느낀 것은 50살이 된 직후였습니다.

　햇빛이 강한 시간에는 눈이 부셔서 왼쪽 눈이 잘 보이지 않을 때가 있습니다. 병원에는 거의 가지 않지만, 진단을 한번 받아보는 것이 좋겠다는 생각이 들어 오랜만에 안과를 찾아갔습니다. 몇 가지 간단한 검사를 받고 결과를 기다렸습니다.

"백내장 초기입니다."
나보다 조금 젊은 의사선생님이 가볍게 말했습니다.

이제 막 50살이 되었을 뿐인데 백내장이라니 너무 이르
다는 생각도 들었지만, 사람에 따라서는 40대부터 증상이
나타나는 경우도 있다고 합니다. 몸은 '몇 살부터'가 아니
라, 사람마다 다르다는 것을 새삼 깨달았습니다.

백내장은 각막에 렌즈를 덮어 잘 보이게 하는 수술도 가
능한데, 그러면 눈의 원근조절이 어려워진다며 선생님은
당장 수술하는 것을 권하지 않았습니다. 운전 때문에 눈이
보이지 않으면 곤란하지만, 서두를 필요는 없다는 선생님
의 조언과 아직 괜찮다는 내 몸의 감각을 믿고 당분간 그대
로 두기로 했습니다.

한 가지, 의사선생님이 하신 말씀이 있습니다. 그것은
"햇살이 강한 계절에는 선글라스를 쓰십시오. 필수입니다"
라는 것이었습니다.
나는 선글라스를 가지고 있지 않습니다. 이유는…… 어

울리지 않기 때문입니다. 하지만 눈을 위해서, 그리고 잘 보기 위해서 선택할 수밖에 없었습니다. 사람은 때로 생각 지도 못한 계기로 필요를 강요당합니다. 그것이 선글라스 라고 해도.

후우, 어떻게 하지…… 선글라스를 어디서 사야 하는 지 몰랐습니다. 생각에 생각을 거듭한 끝에, 가끔씩 슬쩍슬 쩍 들여다보던 매장에 가기로 했습니다. 늘 멋지다고 생각 하던 곳이라서, 선글라스도 '어울리는 것이 있을지도 모른 다'고 생각했습니다.

그 매장은 혼잡한 길 가운데 조용히 있었습니다. 여유로 운 분위기, 나지막하게 흐르는 음악. 옆에는 커다란 공원.

그날은 친구와 함께 갔습니다. 처음 선글라스를 쓰게 된 내게 어울리는 것을 골라줄 사람이 꼭 필요했기 때문입니다.

같은 모양에 색깔이 미세하게 다른 선글라스 두 개를 교 대로 껴봅니다. 왠지…… 조금 부끄럽습니다. 거울 속의 내 가 다른 사람 같은 느낌. 20대에 '선글라스는 어른이 끼는 것'이라고 생각했었습니다. 그리고 지금 나는 '그 지점'에 있는 것입니다.

최종적으로 선택한 것은 브라운 계열의 각진 형태의 선글라스. 이렇게 해서 50살에 처음으로 선글라스를 구입했습니다.

함께 다독이며 살아가야 할 일은 앞으로도 여러 가지가 생길 것입니다. 몸도 마음도 지금까지와는 다른 변화가 생길 것이기 때문입니다. 이것은 그중 하나의 상황이라고 생각합니다.

자신에게 처음 일어나는 일은 '특별'한 것처럼 여겨지지만, 사람마다 차이는 있어도 누구나 지나는 길입니다. 지나치게 크게 받아들이지 않고, 하지만 할 수 있는 일은 하면서 새로운 경험으로 즐길 수 있기를 바랍니다.

함께 다독이며 살아가야 할 일은
앞으로도 여러 가지가 생길 것입니다.

몸도 마음도
지금까지와는 다른 변화가
생길 것이기 때문입니다.

'나다움'에 대해 _____

_____ 다시 생각하고 있습니다

자신이 느끼는 기분 좋음과 행복.

그것을 알지 못하면

나아갈 방향을 정할 수 없습니다.

다른 사람의 것이 아닌,

자신의 기분 좋음과 행복입니다.

_____때로는

지혜로운 타협도
필요합니다

　'타협'이라는 말을 자주 생각하곤 합니다. 서로 '양보하다', '협의하다'라는 뜻의 말. 그것은 나쁜 것이 아니라, 오히려 좋은 것이라고 생각하게 되었습니다.

　내가 타협이라는 말을 할 때는 대부분 '자신의 인생과의 타협'이라는 의미입니다. 그렇습니다. 다른 누군가와가 아니라, 어디까지나 자신과의 타협입니다.

　원래 자신과의 타협을 잘 못합니다. '못했습니다'라고 과거형을 쓸 수 있기까지는 아직 조금 더 시간이 걸릴 것 같습니다. 아직까지도, 무슨 일에서든 '타협하기 힘든' 일이 많기 때문입니다.

일상생활에서도, 업무에서도, 사람과의 관계에서도 부딪히는 일은 수없이 많습니다. 지금은 그 부딪히는 부분에 대해 되도록 말로써 제대로 전달하려고 하고 있습니다만, 그렇게 된 것은 최근 2년의 일. 그전까지는 자신의 감정에 지나치게 솔직하거나, 반대로 말하지 못하는 경우가 많았습니다.

정직은 좋은 것 같지만, 그것도 '때와 장소에 따라서'입니다. 말은 한 번 입 밖으로 나가면 돌이킬 수 없습니다. 무엇을 느꼈는지도 중요하지만, 느낀 것을 '어떻게 하는지'도 중요합니다. 이후의 일에 생각이 미치지 못한 채 느낀 것을 그대로 말로 하면, 결국 누군가에게 상처를 입히거나 자신이 상처를 입습니다.

어른이 된다는 것은 아무것도 느끼지 않는 것도 아니고, 요령 있게 대처하는 것도 아니며, 또한 포기하는 것도 아니라고 생각합니다. 말하자면 '서로 인정하는' 것이라고 할까요. 그것이 타협이라고 생각합니다.

인정은 자신 외의 다른 사람에 대해서도 필요하지만, 우선은 자신을 인정하는 것이 중요합니다. 의외로 사람들은 자신을 인정하지 않습니다.

몇 살이 되어도 인생에 100퍼센트 만족하는 일은 없을 것입니다. 그리고 그 부족한 부분이 다음으로 나가는 원동력이 되는 것도 분명합니다. 하지만 만족을 하건 하지 않건 인생은 나아갑니다. '긍정하든 부정하든 인생은 나아간다. 그럴 바에 긍정하자'고, 어느 날 생각했습니다. '먼저 자신의 인생을 인정하고, 타협하자'고.

사람에게는 여러 가지 면이 있습니다. 착한 부분, 강한 부분, 약한 부분, 엄격한 부분. 또한 하루하루를 살다 보면 생각대로 되지 않을 때도 있고, 어찌할 바를 모르고 망연히 서있게 되는 때도 있습니다. 오래 살다 보면 생이나 죽음과 만나기도 합니다. 과거를 후회하는 순간이 찾아오기도 합니다. 하지만 '지금 이곳에 있는 나'와 '깊은 내면에 있는 나'와 '사회 안에 있는 나'. 그 모든 것이 자신이며, 그 모든

만족을 하건 하지 않건
인생은 나아갑니다.

'긍정하든 부정하든 인생은 나아간다.
그럴 바에 긍정하자'고,

어느 날 생각했습니다.

것이 인생을 만들어갑니다.

자신이 한심하다는 생각이 들더라도, 그것은 자신 속의 일부입니다. 그렇다면 인정하면 됩니다. 장점과도 단점과도 타협해서, 인생이라는 시간 속에서 천을 짜듯 엮어가는 것. 엮어가다 보면 그것은 마침내 아름다운 무늬를 만들 것이라고 믿습니다.

경마에서는 기수와 경주마의 타협이 중요합니다. 장거리 레이스를 할 때, 기수는 빨리만 달리려고 하는 경주마와 타협을 하면서 의도대로 레이스를 끌고 가야 합니다.

인생도 어떤 의미에서는 '장거리 레이스'인지도 모릅니다. 하지만 인생의 레이스는 승부를 위해서가 아닌, 자신의 페이스대로 각각의 시간을 살아가는 것입니다. 끓어오르는 감정이나 닥친 일들과 타협하면서, 스스로 발견한 방식으로 계속 앞으로 나아가는 것입니다.

아직도
_____조금씩

어른이 되어가고
있습니다

　이 나이가 돼서도 '어른은 어떤 사람을 말하는 것일까?' 하고 생각할 때가 있습니다. 그리고 어른에 대한 고민은 나이와 관계없다는 것을 알았습니다. 20살에는 20살의 고민이 있고, 40살에는 40살의 고민이 있고. 이렇게 50살이 되어도 아직 '어른은 어떤 사람을 말하는 걸까'라고 고민합니다.

　어른이 되면 여러 가지 상황에 능숙하게 대처할 수 있을 거라고 상상했던 것이 '틀렸다'는 것을 깨닫는 때가 있습니다. 깊은 한숨을 내쉬며 생각할 때도 있는가 하면, 뭔가 전혀 어른이 되어 있지 않았다는 사실을 깨닫고 쓴웃음을 짓는 때도 있고.

살아가며 생기는 문제는 척척 풀어가고, 사회생활도 나름 제대로 해내고, 젊었을 때처럼 생각이 너무 많지도 않고……. 어른이 되면 그렇게 될 거라고 10대의 나는 생각했었습니다.

왜 그런 생각을 갖게 되었는지는 지금도 의문입니다. 어렸을 때 주변에 있던 어른들이 모두 그랬던 것은 결코 아니었는데도.

여전히 모두, 각각의 문제를 안고 있습니다. 어른, 특히 마음속에 상상했던 어른은 환상일 것입니다.

하지만 20대보다는 확실히 어른이 되어 있습니다. 한쪽 방향에서밖에 보지 못했던, 볼 수 없었던 세상사를 언제부턴가 다른 방향에서 볼 수 있게 되었습니다.

분노를 느끼는 일이 이전보다 적어졌습니다. 여전히 생각을 하지만, 오래 생각하거나 굳이 그것을 고민의 범주에 넣지 않게 되었습니다. 그것은 아주 자연스러운 일입니다.

섬세함이 사라진 것일 수도 있습니다. 하지만 나는 '가벼

워졌다'고 생각합니다. 그 가벼움을 다르게 표현하면, 어른
이 된다는 것은 다양한 선택지가 있다는 것을 알게 되는 것
이며, 자신 이외의 사람과 세상을 살필 수 있게 되는 것이
며, 누군가의 마음을 이해할 수 있게 되는 것이 아닐까요.

인간의 배움에는 끝이 없습니다. 이해했다고 생각했지
만 시간이 조금 흐르고 보면 그 앞이 있고, 그곳에 다다르
면 이전의 이해가 얕았다는 것을 알게 됩니다. 그리고 다시
걷기 시작합니다. 그 과정의 반복. 그래서 살아가는 재미가
있고, 계속 걸어가게 되고, 때로는 멈춰 서기도 하는 것입
니다.

마음에 새겨두고 있는 말이 있습니다. "올바른 행동과
잘못된 행동의 끝에는 들판이 펼쳐져 있다. 그곳에서 만나
자"라는 말입니다. 나는 그 들판에 서는 것이 '어른'이 되
는 것이 아닐까 생각합니다. 그곳은 따뜻하고, 평화롭고,
마음을 놓을 수 있는 장소. 서로 용서하고 용서받는 곳. 들
판, 그곳에 섰을 때 비로소 사람은 진정한 '어른'으로서 걷
기 시작하는지도 모릅니다.

확실히 어른이 되어 있습니다.

한쪽 방향에서밖에 보지 못했던,
볼 수 없었던 세상사를
언제부턴가 다른 방향에서 볼 수 있게
되었습니다.

_____언제나

웃을 수 있는 쪽을
선택합니다

    갈림길에 멈춰 섰을 때처럼 무언가를 선택해야만 하는 경우가 있습니다. 그럴 때는 자신이 '웃으며 지낼 수 있는' 쪽을 선택합니다. 지금 웃는 얼굴로 있을 수 있는 쪽. 그리고 이후에도 웃을 수 있을 것 같은 쪽을.

    마음이 흐려지는 일, 자기 스스로를 억지로 설득시켜야만 하는 일이 있을 때는, 그 일이 정말로 필요한 일인지 먼저 '내게' 물어봅니다. '없어도 그만'이라고 생각된다면 그걸로 된 거고, 우울해질 것 같다면 다른 상황에 있는 자신을 선택합니다.

마음도 짐도 가벼운 편이 걷기 쉽습니다. 나이가 들면 들수록, 시간이 흐르면 흐를수록, '걷기 편함'은 중요해집니다. 웃는 얼굴로 걸을 수 있도록 해야 앞으로의 여정이 즐거워집니다. 너무 즐거워서, 너무 웃어서 눈가에 주름이 생긴다면 그건 무척이나 멋진 일입니다.

소중한 것들을

_____기억하며
살아가고 싶습니다

나이가 든다는 것의 가장 큰 매력은 경험을 통해 풍요로 워지는 자기 자신이라고 느낍니다. 내가 생각하는 풍요로 움은 온화함과 관용, 필요한 순간에 필요한 말과 행동으로 표현하는 것, 이해할 수 없는 감정이나 상황이 있다는 것을 이해하는 것, 그리고 시간이 해결해준다는 것을 아는 것입 니다. 세월이 풍요롭게 해주는 것은 정신적인 부분이라고 생각합니다.

시간은 신비합니다. 우리는 시간을 24시간, 1시간, 1분 과 같은 단위로 정해두고 있지만, 실제로 흐르는 시간은 그때그때에 따라 변합니다. '누군가의 1시간'과 '나의 1시간'은 다른 것입니다. 그래서 나이는 사실 그다지 중요하지 않다고 생각합니다.

각자에게 찾아오는 시간. 그 시간 속에서 경험하고, 자신과 융화시키고, 흘려보내고, 그리고 남는 것. 중요한 것은 그 '남는 것'이라고 깨닫게 됩니다.

잃어가는 것이 대부분인 가운데, 또렷하게 남아 있는 것이 있다면 의식을 그쪽에 집중합니다. 그것은 가능한지 불가능한지가 아니라, 하고 싶은지 하고 싶지 않은지의 선택이 아닐까요.

하겠다고 결심해도 오랜 세월 동안 몸에 밴 사고방식이나 습관은 좀처럼 사라지지 않습니다. 하지만 그럼에도 하는 것입니다. 시도하고, 실패하고, 다시 시도하고. 그러는 동안 가능해질지도 모릅니다. 어렸을 때 자전거를 타기 위해 몇 번이나 연습을 했던 때처럼. 그리고 더 이상 비틀거리지 않고 자전거를 타게 되는 그 순간은 반드시 찾아오리라 생각합니다.

잃어가는 것이 대부분인 가운데,
또렷하게 남아 있는 것이 있다면
의식을 그쪽에 집중합니다.

그것은 가능한지
불가능한지가 아니라,
하고 싶은지 하고 싶지 않은지의
선택이 아닐까요.

여전히

_____좋은 어른이
되고 싶습니다

'이런 어른이 되고 싶다'고 생각하는 모델이 있다는 것
은, 어른이 되는 데에 중요하다고 생각합니다. 삶의 방식이
나 사고방식, 세상을 보는 시각에 모범이 될 만한 사람, 멋
지다고 생각되는 사람, 아름답게 살아가는 사람.

내게는 '이런 어른이 되고 싶다'에 해당하는 사람이 몇
명 있습니다.

그중 몇 명은 글이나 영상, 작품 등을 통해 알게 된 사람
들입니다. 다른 몇 명은 실제로 만날 수 있는 가까운 사람.
멀리 있는 사람은 멀리서부터 받아들일 것이 있고, 가까이
있는 사람은 가까이에서 내게 주는 것이 있습니다.

사람은 다른 사람을 만나고, 알아가는 과정에서 어른이 되어 갑니다. 이때 어른의 기준은 나이나 지위가 아닌, 그 사람이 '얼마만큼 그 자신으로 있는가'라고 생각합니다. 20살이 되면, 또는 결혼을 하면, 아이가 생기면 등등의 사회적인 기준과는 다른, 별도의 '어른'이라는 기준이 있는 것입니다. 그래서 '좋은 어른'을 만나는 것은 중요합니다. '진정한 어른'이라고 여겨지는 사람과의 만남은 자신의 세계와 가치관과 자유를 넓혀주는 것을 의미합니다.

가끔 그 사람들을 떠올립니다.

무슨 일이 있을 때면 '그 사람은 이렇게 하겠지' 하고 상상합니다. 마음이 무거울 때면 그 사람의 글을 읽으며 마음을 새로이 하기도 하고, 사진을 바라보며 마음을 다잡기도 합니다.

가까이 있는 사람이면 만나서 대화를 하고, 차를 마시고, 때로는 식사를 하면서 그 사람에게서 전해지는 순결한 공기나, 상쾌한 아름다움을 옆에서 느낍니다. 그럴 때면 '그래, 멋진 어른은 좋은 거야'라고 생각하게 됩니다.

먼저 인생을 산 사람은 이후에 살 사람에게 '어른은 좋은 것'이라고 느낄 수 있게 해야 합니다. 주변에 멋진 50살이 있으면 50살이 되는 기대감을 가질 수 있습니다. 가벼운 60살이 있으면 자신도 가벼워지고 싶어 합니다. 기쁨도 슬픔도 받아들이며 살아가는 70살이 있으면, 시간의 흐름도 두려워하지 않을지도 모릅니다.

'그 사람처럼'이라고 생각하는 순간, 우리는 '용기' 같은 것을 얻게 됩니다.

50살은 이미 충분히 어른입니다. 남에게 전할 수도 있고 남에게 받아들일 수도 있습니다. 어느 한쪽이 아니라 둘 다. 50살은 그런 나이입니다.

품위가
몸에 배어 있는 사람이

_____되고 싶습니다

시원스럽게 먹는 사람을 동경합니다. 동경이랄까……
좋아합니다.

등을 곧게 펴고 차분한 모습으로 음식에 집중하는 모습.
거래처와의 식사, 친한 친구와의 한때, 가족과의 식사. 신
경을 써야할 자리든 편안한 자리든 어느 정도의 예절은 필
요하다고 생각합니다.

식사예절은 어렸을 때 배우기도 하지만, 어른이 되면서
스스로 배울 수도 있습니다. 자라온 환경보다 자신의 생각
으로 익힐 수 있는 것입니다. 설사 세세한 예절 같은 것은
모른다고 해도 등을 펴거나 다리를 꼬지 않고 똑바로 하는

것만으로도 인상은 크게 달라집니다.

　다도를 배우러 다녔을 때, 새해 첫 다회(茶會)에 참가할 기회가 있었습니다. 기모노를 입고 허리띠를 매면 등을 펴지 않을 수가 없습니다. 이때 그릇을 손에 들고 젓가락질을 하는 편이 긴 소맷자락을 다루기 쉽다는 것을 알았습니다. 허리띠를 매고 있어서 몸을 굽힐 수도 없습니다. 일식을 먹을 때는 그릇을 자기 앞으로 당깁니다. 그 예절은 '합리적인 것'입니다.

　배우면 배울수록, 다도의 순서도 어떤 순서로 움직이는 것이 깔끔하고 효율적인지를 생각해서 만들어졌다는 생각이 듭니다.

　양식은 양식의 예절이 있습니다. 고등학교 때 '호텔에서의 테이블 매너'를 배우는 수업이 있었습니다. 그때는 맛있는 음식을 먹을 수 있어서 기쁘다는 생각밖에 하지 않았지만, 지금의 일을 시작하면서 그 시간이 귀중했다는 것을 알게 되었습니다. 어쩌면 지금 다시 테이블 매너를 배우는 것도 좋을지 모르겠습니다.

연세가 있으셔도 식사하는 모습이 아름다웠던 다도 선생님을 가끔씩 떠올립니다. 딱딱하지 않으면서도 아름다웠습니다. 바른 자세를 취하는 것이 어렵다는 것을 알기에 더욱, 소중한 경험이었다고 느낍니다. 예절은 다른 사람을 위해서이기도 하지만, 자신을 위한 것이기도 하기 때문입니다.

편안하고
자연스러운 옷이

_____좋아졌습니다

헐렁한 옷은 체형을 늘어지게 한다는 글을 종종 읽습니다. 나는 그 반대로 대부분 헐렁한 옷을 선호합니다. 가장 좋아하는 스타일은 헐렁한 일자 원피스. 조이는 부분이 하나도 없고, 원단도 디자인도 몸을 긴장시키지 않는 옷. 아무리 배불리 먹어도 옷이 끼지 않습니다. 때로는 적당한 긴장도 필요하겠지만, 계속해서 신경이 쓰이면 오히려 스트레스가 됩니다. 옷은 조이지 않는 편이 몸에도 마음에도 체형에도 좋다고 생각합니다.

몸은 늘 좋은 방향으로 가려고 합니다. 그래서 과식이든

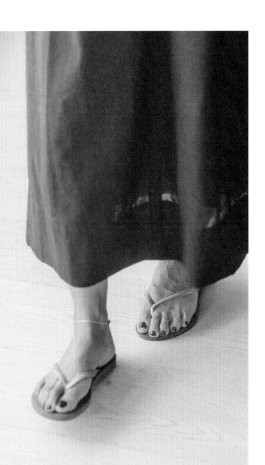

몸은 늘 좋은 방향으로 가려고 합니다.

스스로 좋은 쪽을 향하는
몸에 맡겨두면
자연스럽게 그렇게 되는 느낌이 듭니다.

체형 유지든, 스스로 좋은 쪽을 향하는 몸에 맡겨두면 자연스럽게 그렇게 되는 느낌이 듭니다. 인생에 여백이 필요하듯이 몸에도 옷에도 자유가 필요하다고.

1년 내내 원피스와 비치샌들로 지내고 싶다고 생각하는 내게는 그 정도의 '낙낙함'이 딱 좋습니다.

나만의 색은

나만의 매력이
_____됩니다

흰옷을 자주 입습니다. 하얀 블라우스, 하얀 스커트, 하얀 원피스, 바지, 티셔츠, 스웨터. 옷장 속 옷걸이에는 비슷한 하얀 옷이 여러 벌 걸려 있습니다.

하얀 옷을 즐겨 입게 된 것이 언제부터였는지 기억나지 않지만, 문득 보니 하얀 옷이 많았습니다. 흰옷은 입기 어렵다고 생각하기 쉬운데, 나는 나다운 색이라고 생각합니다. 흰색 그 자체가 가진 매력도 좋고, 어떤 색에도 맞추기 쉽습니다. 그래서 어느새 흰옷이 늘게 된 것이라고 여깁니다.

문제도 있습니다. 좋아하는 것과 어울리는 것은 다르다

는 점.

이전에 어울렸던 옷이 나이가 들면서 어울리지 않게 되는 경험은 대부분의 사람들이 갖고 있을 것입니다.

세월이 흐르면 체중은 변하지 않더라도, 체형은 변합니다. 흔히 부해진다고 하는, 구체적으로 말하면 라인이 불분명해지는 것입니다. 내 경우에는 셔츠나 티셔츠를 세탁 후 바로 입는 것이 어울리지 않게 되었고, 때로는 소재로 고민할 때가 있습니다.

흰옷을 입을 때는 티셔츠도 다림질을 합니다. 카디(손으로 짠 인도의 천)도 리넨도 반드시 다림질을 합니다. 옷을 입을 때 그런 식으로 한 번 더 세심하게 신경을 쓰고 있습니다.

소재는 되도록 부드러운 것, 두툼하지 않은 것을 선택합니다. 이전에는 색상과 스타일이 마음에 들면 구입했지만, 지금은 가볍고 상쾌하게 보이는 촉감과 재질이 중요한 기준이 되었습니다.

최근에는 캐시미어도 부담 없는 가격으로 많이 나오고 있습니다. 면에 실크가 섞인 것도 있습니다. 얇은 캐시미어는 여성스러운 실루엣을 만들어주고, 세 계절을 입을 수 있어서 애용합니다. 실크와 면 혼방보다 부드럽고 착용감이 좋아서, 겉옷으로도 이너로도 사용할 수 있습니다. 평상복으로는 온화한 분위기를 연출하는 느낌의 옷이 좋습니다.

나이가 들면 몇몇 것들이 가라앉는 느낌이 듭니다. 마음도, 외모도, 동작도. 그럴 때도 흰색은 기분이나 자세를 상쾌하게 해줍니다. 내게는 그 상쾌함이 중요합니다.

소매에 팔을 넣었을 때 상쾌한 기분이 들고, 등이 상쾌하게 펴지고, 바람이 상쾌하게 통합니다. 이것이 아마 '흰색의 힘'이겠죠.

나이가 들면 몇몇 가지 것들이 가라앉는 느낌이 듭니다.
마음도, 외모도, 동작도.
그럴 때도 흰색은 기분이나 자세를 상쾌하게 해줍니다.

타인이 아닌

_____나를 위한
####　　　　　옷을 고릅니다

자신을 맞춰왔다는 사실을 깨닫습니다. 소소한 규율이나 사회의 규칙, 누가 시키지도 않았는데 스스로 자신을 얽매는 것들. 이제 자신을 맞추는 것에서 벗어나도 좋을 때가 아닐까요.

처음으로 갑갑함을 느꼈던 것은, 매일 입는 옷입니다. 어느 날 소매에 팔을 넣었을 때, 거부감을 느꼈습니다. 어제까지 아무렇지도 않게 입었던 옷이 무겁고 딱딱하게 느껴졌고, 말 그대로 갑갑한 느낌이 들었습니다. 그 사실을 느끼게 된 것은 카디 원단으로 옷을 맞춰 입기 시작할 무렵입니다.

가끔 가는 옷가게는 걸어서 갈 수 있는 곳에 있습니다. 커다란 창문 너머로 수많은 카디가 보이는 매장 안에는 견본 옷이 옷걸이에 걸려 있고, 기본 패턴이 준비되어 있습니다. 그 가운데 마음에 드는 스타일을 고르고, 수많은 카디 원단 중에서 좋아하는 색상과 무늬를 선택합니다.

기본 스타일은 있지만, 소매 길이나 치마 길이를 자신이 원하는 대로 할 수도 있고, 주름을 넣는 등 변화를 줄 수도 있습니다. 처음 그 매장을 갔을 때 '멋지다'는 생각이 절로 들었습니다.

체형은 사람마다 다릅니다. 같은 키라도 골격, 팔 길이, 허리둘레…… 등 똑같은 사람은 하나도 없습니다. 하지만 기성복 사이즈는 정해져 있어서 이미 완성되어 있는 옷에 자신을 맞춥니다. 하지만 늘 그래왔기 때문에 당연히 '그런 것'이라고 여기게 됩니다.

자신에게 맞춰 옷을 만드는 경험을 하고 나면, 그것이 얼마나 기분 좋은지를 알 수 있습니다. 스타일은 마음에 들지만 소매가 짧다거나, 좀 더 낙낙하게 입고 싶다거나, 이곳을 이렇게 하는 편이 상쾌하게 보일 텐데, 다른 색이 있으면 좋을 텐데……. 그전까지 느껴왔던 '이랬으면 좋을 텐데'가 이루어지는 것입니다. 아주 사소한 무언가를 바꾸는 것만으로.

한때, 입고 싶은 옷이 없었던 적이 있었습니다. 내가 원하는 옷, 어울리는 옷과 매장에 진열되어 있는 옷의 격차가 너무 컸습니다. 옷을 사러 가도 마음에 드는 것이 없어서 빈손으로 돌아온 적도 여러 번 있었습니다. 그런데 카디 원단의 옷과 만난 후부터 '그래, 바로 이런 느낌이야', '자신을 꾸미는 일은 역시 즐거워' 하는 감정이 되돌아왔습니다.

걸어서 갈 수 있는 거리에 있는 옷가게. 그것은 그 지역의 특성이 담겨 있다는 의미이기도 합니다.

기온이나 습도 같은 기후와 그 지역의 분위기.

내가 사는 곳의 사람들은 대부분 여름이 되면 비치샌들을 신고, 피부는 햇볕에 그을려 거무스름합니다. 저녁이 되면 상쾌한 바닷바람이 불고, 시간은 천천히 흘러갑니다. 그런 곳에서 생활하고 사는 사람들. 그곳에는 역시 가볍게 걸치는 옷이 어울리는 느낌이 듭니다.

옷 정도는 이제 자신에게 맞춰도 된다고 생각합니다. 내 사이즈에, 내 체형에, 색상에.

나이가 들면서 자신에게 어울리는 옷을 알게 됩니다. 많은 옷은 필요 없습니다. 그렇게 생각하게 된 것은 어떤 의미에서 자유를 얻은 것입니다.

자신을 위해 옷을 입고, 자신을 위해 옷을 고른다. 일단은 거기서부터 시작하는 것도 좋을 듯합니다.

오래도록
사용한 물건과 함께

나이가
_____ 들어갑니다

외출할 때는 가방 속에 하얀 손수건을 넣습니다. 깨끗하게 다림질을 한 손수건. 아주 오래전부터의 습관입니다.

지금은 손수건을 갖고 나가지 않아도 불편할 일은 거의 없습니다. 그래도 손수건을 꼭 챙깁니다. 하얀색 손수건을 사용하는 이유는 표백을 할 수 있기 때문입니다. 손수건은 쉽게 해지는 물건이 아니어서 잘 관리하면 마음에 드는 것을 오랫동안 사용할 수 있습니다.

늘 가지고 다니는 손수건은 이니셜이 새겨진 리넨 손수건. 같은 것을 여러 장 갖고 있습니다. 이 손수건은 내 손안에서 골동품이 되는 건 아닐까? 하는 생각이 들 정도로 오

래 사용하고 있습니다. 튼튼하고 청량한 느낌. 일상적으로
사용하는 물건 중에 하나 정도는 이런 것이 있어도 좋지 않
나, 생각합니다.

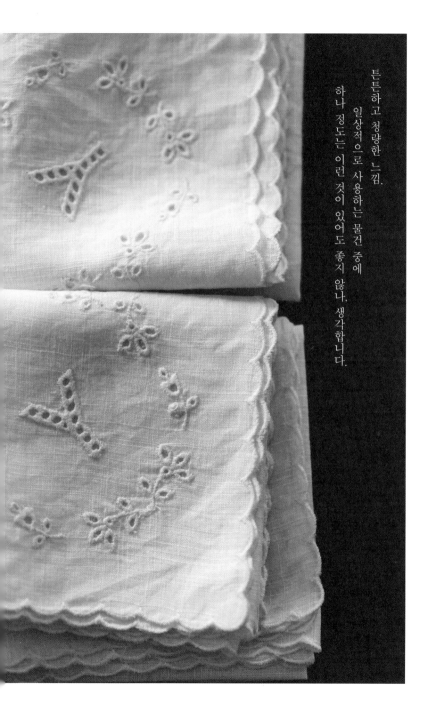

튼튼하고 청량한 느낌.

일상적으로 사용하는 물건 중에

하나 정도는 이런 것이 있어도 좋지 않나 생각합니다.

나를 리셋하는
시간을

_____비워둡니다

　　매일 홍차를 마시게 된 것은 10대 후반 무렵부터의 일입
니다.
　　좋아한다는 것은 큰 의미가 있습니다. 홍차를 좋아하니
까 맛있게 끓이고 싶은 욕심이 생기게 되고, 그래서 책을
찾아 읽고 때로는 배우러 다니기도 하고 매장에도 찾아갑
니다.
　　'없으면 안 된다고 생각하는 것이 적을수록 인생은 가볍
게 걸어갈 수 있습니다'라고 썼지만(실제로 그렇게 생각합니다
만), 홍차는 내게 없어서는 안 되는 것입니다. 여행을 갈 때
도 반드시 트렁크에 넣습니다. 여행 중에도 홍차를 자주 마

십니다. 호텔로 돌아왔을 때는 천천히 우려낸 홍차를 마시며 안정을 취합니다. 다음 날 아침에도 물을 끓여서 홍차 한두 잔. 생각해보면 일을 한 세월보다 홍차를 우려 온 세월이 더 깁니다.

홍차를 마시게 되면서 변한 것이 있습니다. 홍차를 마시는 시간은 '내가 나로 돌아오는 시간'이 된다는 것. 이는 새롭게 리셋되는 시간이기도 하며, 홍차를 우리는 일에만 집중하는 시간이기도 합니다.

예전에는 홍차를 맛있게 마시고 싶다는 욕심이 있었습니다. 하지만 지금은 그런 생각조차 하지 않습니다. 오로지 순서에 따라, 조용하게, 똑같은 과정을 반복합니다. 그런 느낌으로 홍차의 시간을 즐기게 되었습니다. 그 순간은 다른 누군가를 향한 것이 아니라 자신을 향한 것입니다. 어쩌면 자신을 향한 것조차 아닌지도 모릅니다. 문득 그런 사실을 깨달았을 때 '시간은 좋은 것이구나' 생각했습니다.

오랜 시간 동안 무언가를 지속한다는 것은 생각 이상으로 자신을 키워줍니다. 마음속에 있는 것에 눈길을 향하는 것, 평상시에는 느끼지 못하는 것을 생각하는 시간. 그 시간은 자신이 어떤 존재인지를 가르쳐줍니다. 또한 마음속 갈등이 있을 때, 어쩌지 못하고 멈춰 서 있을 때도 자기 자신으로 있을 수 있게 해줍니다.

인생에는 목표나 목적이 필요할 때도 있지만, 아무것도 생각하지 않고 마주하는 것, 이유 없이 해나가는 것도 필요합니다.

커피를 내릴 때는 홍차와는 달리 '맛있게' 하려는 마음이 아직 있습니다. 아마도 커피를 즐기기 시작한 지 얼마 되지 않았기 때문일 것입니다. 내게 커피는 아직 가끔 마시는 차이기 때문일 수도 있습니다.

홍차는 자신을 위한 것. 커피는, 설사 자신이 내렸다고 해도 누군가를 위한 것. 무의식 속에 그런 차이가 있는지도 모르겠습니다.

홍차를 즐길 수 있는 '장소'를 갖고 싶다는 생각이 듭니다. 늘 사용하는 컵으로 마실 수 있는 곳. 혼자 와서 멍하니 있거나, 아주 조금 이야기를 나누거나, 책을 읽거나. 일상 속의 한때를 보낼 수 있는 곳. 살랑살랑 산들바람이 불고

인생에는 목표나 목적이
필요할 때도 있지만,
아무것도 생각하지 않고 마주하는 것,
이유 없이 해나가는 것도 필요합니다.

있을 듯한 곳.

　인생에는 그런 시간과 공간이 때로는 필요하니까요.

　그때 나는 분명 아무것도 생각하지 않고 순서대로 홍차를 우리고 있을 것입니다. 오로지, 오로지, 손만을 움직이며.

'꼭 이렇게
해야 하는 것'은

————————없습니다

50살을 앞둔 어느 날 '향기'를 생각했습니다. 비 내리는
가을 아침이었습니다.

마지막으로 향수를 산 것은 40살 때였습니다. 파리에 있
는 영국의 한 매장. 가늘고 긴 아름다운 손을 가진 남성이
테스터 용지에 향을 옮겨 설명해주었습니다. 유리병에 담
긴 마법의 물은 아마도 백합 향기였다고 생각합니다.

처음에는 거의 매일 사용했지만, 향수를 뿌리는 습관이
없던 나는 언젠가부터 유리병에 손을 대는 일이 없어졌습
니다. 그 향수는 결국 어떻게 됐을까요. 그로부터 10년 가

까이 향수에서 멀어져 있었습니다.

일상에서는 에센셜 오일을 사용합니다. 최근에는 직접 증류수로 화장수를 만들거나, 방향제를 만들기도 합니다. 전부 천연의 향. 향수에서 멀어졌던 것은, 내게는 천연의 향기가 필요했기 때문이겠죠. 그리고 시간이 흘러 그날 아침, 왠지 '향기'가 생각났습니다.

몇 달에 한 번 가는, 지하 매장에는 오가닉 화장품이 즐비합니다. 때로는 필요한 것을 사기도 하고 새로운 것을 발견하기도 합니다. '그곳에 향수 코너가 있었는데……' 하고 찾아보았습니다. 신기하게도 조금 들뜬 기분이 들었습니다.

그곳에 식물만으로 만들어진 향수가 있었습니다.

진열되어 있는 몇 가지 향수. 이것저것 생각하지 않고 순간적으로 마음에 든 것을 선택합니다. 청량한 향기부터 농익은 과일처럼 달콤한 향기까지. 그곳에는 10년 전의 나와는 다른 내가 있었습니다. 그리고 그때 손에 든 것은 맑고 사랑스러운 향기. 라벨에는 'Rain'이라고 적힌, 은방울꽃 향기였습니다.

이전에는 향수를 사도 뿌리는 것을 잊는다거나 갑자기 향기가 버겁게 느껴져서 결국 도중에 그만두었습니다. 하지만 지금은 아침마다 습관처럼 손목에 살짝 뿌립니다. 밤에 잠들기 전에 뿌릴 때도 있습니다.

퍼져가는 향기. 깊게 깊게 숨을 쉽니다.

나이가 든다는 것은 그동안 지녀왔던 가치관을 바꾸는 일이기도 합니다. 어울리지 않는다고 단정했던 것이 어울린다고 느껴지는 것도 그중 하나이며, 쑥스러웠던 것을 받아들일 수 있게 되는 것도 그런 것입니다.

거부감이 있던 것에 대해 가볍게 그 틀을 넘어설 수 있게 됩니다. 실제로 자신 이외에는 그 틀을 신경 쓰지 않습니다. 자기 혼자 '이런 식의 것은 싫어. 불편해' 하고 생각했을 뿐이라는 사실을 깨닫게 됩니다.

반대로 '꼭 이렇게 해야 한다'고 생각했던 틀에서 벗어나는 경우도 있습니다. 자라온 과정이나 배워왔던 것이 시간과 함께 변해가는 것을 느낍니다. 그때, 굳게 믿어왔던

나이가 든다는 것은
그동안 지녀왔던 가치관을
바꾸는 일이기도 합니다.

어울리지 않는다고
단정했던 것이
어울린다고 느껴지는 것도
그중 하나입니다.

틀이 벗겨지고 나는 스스로에게 정말로 어떻게 하고 싶은 지 묻습니다.

오랜만의 향수는 내게 새로운 색채를 더해주었습니다. 역시 향수는 마법의 물입니다.

잠시 멈춰 서서

나 자신을
_____바라봅니다

나이가 들면 마음이 건조해지는 경우가 있습니다. 이 세상의 이치를 알게 되고, 눈에 보이는 세계만이 '진짜'가 아니라는 사실을 알게 되기 때문입니다.

설사 세계가 그렇다고 해도 좋아하는 것, 작은 행복에 의식을 집중하고 살아갈 수는 있습니다. 희미한 목소리에 귀를 기울이고, 되도록 열린 세상에 머무르려는 노력을 할 수도 있습니다.

쉽게 건조해지는 마음을 가끔씩 멀리 떨어져서 바라봅니다. 말과 생각과 일상의 행위 속에 어떤 기분이 섞여 있는지 조용히 관찰해봅니다. 세상이 어떻게 흐르고 있는지

멈춰 서서 지켜봅니다. 어떤 곳에 있어도 자신을 소중하게 여기는 마음은 여전히 존재합니다. 산다는 것은 멋진 일이라고 생각할 수 있는 세계에 있었으면 합니다. 자, 어떤 세계에서 살아갈까요?

나를 기분 좋게
하는 것에 대해

_____생각합니다

　내게 기분 좋은 것은 무엇일까? 30살을 앞둔 무렵부터
그 생각을 해왔습니다. 그리고 지금도 '지금의 내게' 기분
좋은 것에 대해 자주 생각합니다.

　'기분 좋게 살자'고 결심한 것은 20대 후반이었습니다.
당시 출판사에서 편집자로 일했던 나는 휴식이 필요하다
는 것을 느끼고 무리해서 휴가를 얻어 남쪽 섬으로 여행을
떠났습니다. 내가 향했던 곳은 하와이. 하와이로 간 이유는
무라카미 하루키의 『댄스 댄스 댄스』 속 하와이의 풍경이
그때의 자신에게 필요하다고 느꼈기 때문입니다.

호놀룰루에서 비행기를 타고 마우이 섬으로 향한 나를 기다린 것은, 푸른 하늘과 따뜻한 공기, 쏟아지는 햇살과 부드러운 색채로 펼쳐져 있는 바다였습니다. 하늘에는 하얀 구름. '전형적인 하와이', 그림에 그린 듯한 남쪽 섬의 풍경이었습니다.

호텔에 체크인을 하고 곧바로 바다로 나갔습니다. 드넓은 바다. 그곳에는 바다를 보러 온 사람들이 제각각 그 순간, 그 장소를 즐기고 있었습니다.

바다로 들어가 한동안 파도에 몸을 맡기고 멍하니 있자, 몸속에서 무언가가 끓어오르는 것을 알 수 있었습니다. 평화로운 바다, 고개를 들면 펼쳐지는 파란 하늘. 해변에서는 아이들의 웃음소리가 들려왔습니다. 긴장했던 몸과 마음이 풀어졌습니다.

그때 느꼈던 것입니다. '지금, 나는 행복하다'라는 확실한 감정을. 그리고 그 순간 생각했습니다. 사람은 이런 감정을 느끼기 위해 살아가는 것인지도 몰라.

'기분 좋게 살자'고 결정한 것은 그때였습니다. 그 순간부터 '내게 기분 좋은 것은 무엇일까'를 생각하는 여행이 시작되었습니다.

자신이 느끼는 기분 좋음과 행복. 그것을 알지 못하면 나아갈 방향을 정할 수 없습니다. 다른 사람의 것이 아닌, 자신의 기분 좋음과 행복입니다.

하루 종일 맛있는 차를 즐기는 것, 정돈된 집에서의 생활, 소통이 이루어지는 인간관계, 납득하며 진행할 수 있는 일, 생각난 것을 구체화해가는 것, 만나고 싶은 사람을 만나러 가는 자세. 마음이 충족되는 식사, 깊게 잠들 수 있는 장소. 내게 기분 좋은 삶, 생활, 시간들입니다.

그때그때마다 멈춰 서서 생각하고, 느끼고, 때로는 생각하게 만드는 일들 속에서, 자신의 기분 좋음을 발견합니다.

기분 좋은 것들은 나이에 따라서 조금씩 변합니다. 몸과 마음의 상태, 파트너와 아이의 유무에 따라서도 변하고, 일, 생활, 가족, 친구 등 자신을 둘러싼 모든 것 속에서 변해갑니다. 기분 좋음은 시간 속에서 형태를 바꿔가는 것입니다.

50살부터의 기분 좋은 삶은 어떤 느낌일까요. 지금까지

자신이 느끼는 기분
좋음과 행복.
그것을 알지 못하면
나아갈 방향을
정할 수 없습니다.

다른 사람의 것이 아닌,
자신의 기분 좋음과 행복입니다.

와는 다른 기분 좋음도 있을 것이며, 지금까지와 같은 기분 좋음도 있을 것입니다. 이제 막 50대가 시작되었습니다. 앞으로의 기분 좋음을 찾는 여행이 시작된 것입니다.

자신의 멋진 부분을
발견하는 것은

_____중요합니다

딱 한 번, 목소리에 대해 칭찬을 들은 적이 있습니다.

내 목소리는 낮고, 작고, 알아듣기 어렵습니다. 콤플렉스 중 하나입니다. 어렸을 때 목소리가 작다는 말을 듣고 그 이후 늘 신경이 쓰였습니다. 그래서 더욱 목소리가 작아진 것인지도 모릅니다. 목을 크게 여는 느낌으로 시원스럽게 이야기하고 싶지만, 그것이 되질 않습니다. 나는 '여성스러움'을 그다지 좋아하는 편은 아니지만, 목소리만큼은 여성스럽거나 높은 목소리를 동경합니다.

그래서 목소리를 칭찬받았을 때는 조금, 아니 꽤 놀랐습니다. '아니요, 무슨'이라고 한 다음에는 어떻게 대답해야 할지 생각이 나지 않을 정도였습니다.

생각해보면 칭찬한 이유도 어느 정도 알 것 같습니다. 낮은 목소리는 차분하게 들리기 때문일 것입니다. 작은 목소리는 말이 소리로써가 아니라, 말로써 전달되는 것인지도 모릅니다. 자신 속에서 들리는 목소리와 실제로 표출되는 목소리는 많이 달라서, 내 생각이 맞는지는 알 수 없지만 그런 것이 아닐까 생각합니다.

이 나이가 되면 - 이런 식의 표현은 좋지 않지만 - 칭찬을 받는 일이 적어집니다. 유심히 거울을 들여다보고 '후우' 하고 한숨을 쉬기도 합니다. 그건 자연스러운 일이어서 '이게 내 모습이구나……' 하고 받아들이고는 있지만, 그럼에도 칭찬을 받으면 기쁜 것이 솔직한 심정입니다.

자신의 '멋진 부분'을 발견하는 것은 중요합니다. 누군가가 나의 멋진 부분을 칭찬해주면 순순히 고맙게 받아들입니다. 또한 다른 사람은 알지 못하지만, 자신이 멋지다고 생각하는 부분을 소중히 여깁니다. 그리고 나만의 '멋진 부분'을 살며시 늘려가는 것입니다.

원래 타고난 '멋짐'도 있지만, 계속 노력해서 멋있어지는 부분도 있습니다.

나는 되도록 천천히 걸으려고 합니다. 걷는 것, 그 자체를 즐기듯.

바디워크를 받았을 때의 강사가 '초원을 걷는 기분으로 걸어보세요'라고 한 적이 있습니다. 초원을 걷는다.

초원을 걸을 때는 시선이 멀리, 조금 위를 향하게 됩니다. 보폭이 커집니다. 어깨의 힘이 빠집니다. 등이 펴집니다. 호흡이 느려지고 깊어집니다. 기분이 상쾌해집니다. 바람을 느낍니다.

이런 느낌들은 자신밖에 알 수 없는 것이지만, 계속하면 자세가 좋아져 똑바로 서게 됩니다. 쉽게 피로해지지 않는다는 느낌도 듭니다. 무엇보다 '초원을 걷는 나'는 멋집니다.

외부나 물건을 향하던 '멋짐'을 자신으로 돌려봅니다. 젊었을 때는 아무것도 하지 않아도 멋진 것이 많았습니다. 깨닫지 못하는 것은 본인뿐인지도 모릅니다. 앞으로는 '깨닫는 것'을 스스로 늘려가야 하는 시기입니다.

　　그러고 보면, 나지막하고 작은 내 목소리지만, 말을 할 때 자신이 기분 좋다고 느끼는 톤으로 이야기해야겠다고 생각한 적이 있습니다. 자신의 귀에 들리는 자신의 목소리와 말이, 기분 좋게 느껴지는 소리.

　　2,3년 전에 생각했지만 잊고 있었던 일. 만약 그것이 '멋짐'으로 이어졌다면, 소소한 목표는 열매를 맺은 셈입니다.

자신이 진짜
원하는 것을

_____알고 있어야 합니다

거주지의 선택에 있어서 중요하게 생각하는 것이 있습니다. 하나는 창문 너머로 보이는 풍경. 또 하나는 그곳에 불고 있는 바람. 그리고 그곳에서 매일 무엇을 할 것인가. 내가 지낼 장소에 대한 조건은 그리 많지 않습니다.

해마다 거주지에 대해 원하는 것이 변하고 있음을 느낍니다. 가족 구성에 따라 다르겠지만, 그리 넓은 집은 필요 없지 않을까요. 넓지 않아도 따뜻하고 마음 편한 집, 불편함이 없는 화장실과 주방, 편한 동선. 이전에 자신이 중요하게 생각해왔던 것에 더해진 소망입니다.

다리를 다친 적이 한 번 있었습니다. 깁스를 한 생활은 생각보다 불편했습니다. 입욕은 불가능하고 간신히 샤워만. 계단을 오르내릴 때는 한 계단 한 계단 신중하게 천천히. 높은 곳의 물건을 꺼내거나 바닥에 떨어진 것을 줍는 일은 거의 불가능했습니다. 주방에서 오랫동안 요리를 하는 것도.

그 불편한 생활은 다리가 나을 때까지 2달 동안 지속됐습니다. 하지만 경험해봐서 다행이라고 생각합니다. '나이가 든다'는 것을 한발 먼저 경험한 듯한 느낌이었기 때문입니다.

하지만 상처는 언제 회복된다는 대략적인 예측이 가능하지만, 나이가 들어서 생기는 일은 대부분 예측이 불가능합니다. 살 곳에 대한 계획은 생각보다 일찍 필요한 것인지도 모릅니다.

다리의 부상을 경험한 후 선택한 주거지는 오래된 다가구주택 2층입니다. 이 집으로 결정했을 때는, 아직 다리가 완전히 회복되지 않았을 때였습니다. 당시의 조건은 높은 계단이 없을 것, 침대를 놓을 수 있을 것, 화장실이 넓을 것.

그리고 고양이를 키울 수 있을 것.

다리가 회복된 지금 그 조건을 보면 조금 우습기도 하지만, 이 조건들은 앞으로도 중요한 요소라고 생각합니다.

또 한 가지 생각해두고자 하는 것이 있습니다. 아직 먼 일이라고 생각은 하지만, 혹시 무슨 일이 생겨 다른 사람의 도움을 받아야 할 때, 도와주러 온 사람이 기분 좋게 있을 수 있는 곳이어야 한다는 점입니다.

깔끔한 느낌의 정리된 공간. 쓰지 않는 물건으로 넘쳐 있기보다는 어디에 무엇이 있는지 알 수 있는 편이 움직이기 쉬울 것이고, 청결함은 기본이라고 생각합니다. 나이가 들면 할 수 없는 일도 있겠지만, 가능한 범위에서 누구나 '편하다'고 생각할 정도의 기본은 갖춰두고 싶습니다.

어떤 하루하루를 보내고 싶은지, 어떤 풍경이 보이는지. 먹는 것, 닿는 것, 듣는 것, 말하는 것은 어떻게 하고 싶은지. 이렇게 자신이 원하는 것을 스스로 알아두는 편이 좋습니다. 사람마다 소중한 것이 다르듯이 보내고 싶은 시간도 다릅니다. 편리함과 쾌적함과 편안함과 가치관은 어느 하

어떤 풍경이 보이는지. 먹는 것, 닿는 것,
듣는 것, 말하는 것은 어떻게 하고 싶은지.

자신이 원하는 것을 스스로 알아두는 편이 좋습니다.

나에 치우칠 수 없는 균형 위에 있습니다.

앞으로는 시야 한편에 조금 이후의 일을 생각해가면서, 내가 사는 곳에 마음을 쏟으려고 합니다.

닮고 싶은 사람의
사진을＿＿＿＿＿＿

붙여두고 있습니다

'눈으로 볼 수 있게 하는 것'은 중요하다고 느낍니다. 눈으로 들어오는 정보는 사람에게 큰 영향을 주기 때문입니다.

어떤 사람의 사진을 붙여두고 있습니다. 그 사람의 활약상을 담은 모습이 아닌, 트레이닝을 하고 있는 모습입니다. 날마다 마음과 몸을 가다듬고 있기 때문에 오랫동안 활약할 수 있는 것이라고 생각합니다. 그 모습은 평상시에는 보이지 않는 모습. 결과가 전부인 세상에서, 그것을 위해서 꾸준히 노력하는 모습에 마음이 떨립니다.

사진을 붙여두는 이유는 자신과 비교하기 위해서도 아니고(비교한다고 그렇게 될 수도 없습니다.) 동경하는 것도 아니고, 그렇게 되고 싶다는 것도 아닙니다. '그런 사람이 있다'는 사실을 잊고 싶지 않아서입니다.

타고난 재능에, 또한 자신이 목표로 하는 세계가 있는 사람의 존재. 그 존재는 내게 빛과 같습니다.

타인의 이야기를
듣는 시간이

_____ 좋아졌습니다

사람과 만날 때는 둘, 또는 셋이 가장 마음 편합니다.

둘이 만나면 천천히 이야기를 할 수 있습니다. 여러 사람
이 모이면 할 수 없는 이야기, 마음 깊숙이 있는 생각, 서로
통하는 것. 그런 것들은 둘이 만나기 때문에 말할 수 있는
것이라고 생각합니다.

셋일 때는 두 사람의 대화에 귀를 기울이는 것을 좋아합
니다. 셋이 있으면 나는 그다지 이야기를 하지 않습니다.
듣고 있는 편이 즐겁습니다. 두 사람이 생각하고 있는 것,

느끼고 있는 것에 시 낭송을 듣듯 귀를 기울입니다.

대화는 말과 말을 주고받는 것이지만, 거기에 말은 없어도 좋다고 생각하게 되었습니다. 흐르는 시간과 공간 속에서 그 사람을 발견하는 경우가 있기 때문입니다.

그 사람이 말수가 많은 사람이든 적은 사람이든, 그리고 여성이든 남성이든. 함께 풍요로운 시간을 보낼 수 있으면 되는 것입니다. '풍요로움=많은 이야기'가 아니라는 사실을 알게 되었습니다.

누군가를 만나고 있을 때는 그곳에 없는 사람의 이야기를 되도록 하지 않으려고 합니다. 이야기를 한다면 좋은 일, 즐거운 일을. 화제로 삼고 있는 사람의 귀에 들어가도 좋을 이야기만을 합니다.

눈앞에 있는 사람은 자신의 거울입니다. 그곳에 있는 사람이 자신의 거울이듯이, 상대방도 나를 거울로 생각하는 것입니다. '풍요로운 순간'을 보냈으면 합니다.

울고 싶을 때는
마음껏 울어도

_____좋습니다

우는 것이 좋습니다. 울고 싶을 때 울 수 있다는 그 사실
이 좋습니다.

감동했을 때, 기쁠 때, 슬플 때. 사소한 것에 눈물이 나려
고 합니다. 예전이라면 꾹 참고 눈물이 흐르지 못하도록 했
을 것입니다. 하지만 최근에는 눈물이 나올 때 그대로 놔둡
니다.

공적인 자리에서 눈물을 보이는 것은 규칙 위반. 그렇게
배웠고, 나 역시도 그렇게 여기는 부분이 있습니다. 특히
업무와 관련된 곳에서는 울지 못합니다.

나뿐만이 아니라, 대부분의 사람이 그럴 것입니다. 부당한 상황을 수십 번을 보아왔습니다. 사회에 나가 일을 한다는 것에는 그런 일면이 포함되어 있습니다. 그리고 그러는 동안 우는 것을 잊어버립니다. 눈물은 좋지 않다고 생각하게 됩니다. 특히 남자는 여자에 비할 수 없을 정도로 울지 못합니다.

눈물은 자신이 무언가를 느꼈을 때, 그것에 반응해서 흘러나오는 것입니다. 지금의 나는 그 대부분이 멋진 일이나 물건, 사람과의 만남에서 일어납니다. 물론 슬플 때도 웁니다. 하지만 감동으로 흐르는 눈물이 압도적으로 많아졌습니다.

그것은 하루하루 감동할 일이 많아지고 있기 때문입니다. 달이 예쁜 밤, 알고 싶던 해답을 찾았을 때, 멀리 있는 친구에게 온 편지, 전철 창밖으로 보이는 풍경, 책 속의 한 구절, 영화의 한 장면, 피아노 선율, 대화 속에 있는 환한 빛 같은 말. 아무것도 아닌 사소한 일에 마음이 흔들려 눈물이라는 형태가 됩니다.

모처럼 느낀 그 무언가를-그것은 분명 아주 소중한 것입니다-다른 것으로 바꾸고 싶지 않습니다. 그래서 느낀

대로 눈물을 흘립니다.

　젊었을 때는 남들 앞에서 우는 사람이 나약해보이기도
했습니다. 자신이 그렇게 보이는 것도 용납할 수 없었습니
다. 하지만 나이가 들고 그것은 나약함이 아니라는 것을 알
았습니다. 설령 그것이 나약함이라고 해도, 그것은 그것대
로 좋다고 생각하게 되었습니다. 사람은 항상 강할 수만은
없으니까요.

　나는 지금 지겨울 정도로 자주 웁니다. 울어도 괜찮다고
생각하게 되었습니다. 감동이 눈물로 바뀌는 것이라면, 되
도록 자신을 그런 곳에 두고 싶습니다.
　하루하루의 시간 속에 감동할 일이 많은 인생만큼 멋진
인생은 없습니다.

어떤 나이건,
자신다운 순간을 잃지 마세요

50이라는 나이를 6달, 경험했습니다. 반년이 지나고 드는 생각은, 50도 '꽤 괜찮다'는 것입니다.

가볍게 지나간 50살의 생일. 다음 날부터 이전과 똑같이 (같은 날은 결코 없지만) 지나가는 시간도 있을 것이고, 생각지도 못한 시간을 보내고 있는 나도 있어서 '인생은 멋지다'는 생각이 듭니다.

생각지도 못한 시간 속에는 기쁜 순간도 있고 불안해지는 순간도 있겠지만, 지금까지 어떻게든 해왔듯이 앞으로도 헤쳐나갈 것이라고 생각합니다. 앞으로는 앞으로의 '처음'이 있을 것입니다. 수없이 경험한 일도 있을 것입니다. 50살의 나는 그것들을 '어떻게 받아들일까' 하고, 설레는 마음으로 기대해봅니다.

이 책을 읽어주신 분들, 진심으로 감사드립니다. 어떤 계기로 이 책을 읽게 되셨을까요. 이제 곧 50살이 되는 분, 지금 50살인 분, 지난 분, 젊은 분. 어떤 나이이건, 자신다운 순간을 걸어갈 수 있기를 기원합니다. 씩씩하게, 기분 좋게.

미래에 어떤 세계가 기다리고 있을지는 알 수 없지만, '들판'이 있다는 사실을 떠올리고 때로 그곳에 서서(서있듯이) 풍경을 바라보며 지낼 수 있었으면 합니다.

그래도 50이라니, 역시 엄청나네요.

어쩌다 보니 50살이네요

초판 1쇄 발행 2017년 2월 20일
초판 15쇄 발행 2025년 1월 15일

지은이 히로세 유코
옮긴이 박정임
펴낸이 김종길

출판등록 1998년 12월 30일 제2013-000314호
주소 (04029) 서울시 마포구 월드컵로 8길 41(서교동 483-9)
전화 (02)998-7030 ㅣ **팩스** (02)998-7924
이메일 geuldam4u@naver.com ㅣ **페이스북** www.facebook.com/geuldam4u
블로그 http://blog.naver.com/geuldam4u ㅣ **인스타그램** geuldam

ISBN 979-11-5935-011-5 03830
책값은 뒤표지에 있습니다.
잘못된 책은 바꾸어 드립니다.

글담출판에서는 참신한 발상, 따뜻한 시선을 가진 원고를 기다리고 있습니다. 원고는 글담출판 블로그와 이메일을 이용해 보내주세요. 여러분의 소중한 경험과 지식을 나누세요.
블로그 http://blog.naver.com/geuldam4u **이메일** geuldam4u@geuldam.com